NADA QUE HACER

JUAN MADRID

Nada que hacer

SEIX BARRAL

Cubierta: Amand Domènech

Primera edición: mayo 1984
Segunda edición: septiembre 1984

ISBN: 84-322-4542-9

Depósito legal: B. 29.177 - 1984

Impreso en España

Para José Luis Téllez, alias Cine Toledo, *que sabe mucho de novelas; también para Juanito Ballesta,* Parker, *que me prestó el apellido de Silverio y, como no, para Ricardo Muñoz Suay, el mejor pico de oro que conozco.*

CERO

El bar se llamaba El Bucéfalo desde hacía mucho tiempo, pero ninguno de sus clientes sabía el significado de aquel nombre. Algunos decían que se trataba de un tipo especial de toro y otros que una parte del cuerpo humano. Tampoco Isaac Pacheco, el dueño, era más explícito. Cuando se lo compró la mujer con la que vivía, y él entonces se casó con ella por agradecimiento, ya estaba el nombre en la fachada y no se molestó en cambiarlo. De modo que, de vez en cuando, aún tenía que encogerse de hombros y decir que no sabía lo que significaba esa extraña palabra, cuando algún recién llegado se lo preguntaba.

El sujeto que aquella noche entró en el bar no preguntó nada. Vestía un abrigo loden verde, llevaba buenos zapatos y estaba afeitado con esmero. De su mano derecha pendía un maletín de cuero marrón.

Desde el fondo del local, Hortensia Colorado, llamada la Flautista, se estiró su ceñido jersey morado y cruzó las piernas. No era Miss Madrid, ni nunca soñó serlo. Sin embargo, había aprendido lo suficiente sobre los hombres como para saber que su habilidad bucal era una virtud que no tenían todas las mujeres. Y de ahí le vino el apodo.

El sujeto se apoyó en el mostrador y pidió un güisqui con hielo y agua. Muy pocos, que recordara La Flautista, pedían tal cosa en El Bucéfalo y le prestó más atención al tipo.

—¿Qué marca? —preguntó Pacheco.

Titubeó unos instantes.

—Escocés... da igual.

Parecía intranquilo. Observó su reloj y paseó la mirada por el desierto local sin fijarse en nada. La Flautista le sonrió, mostrándole los dientes y la lengua, pero el hombre fingió no haberla visto.

Pacheco le trajo un vaso en el que nadaban dos cubitos de hielo en un líquido ambarino y se lo colocó al lado. El sujeto se lo bebió de un solo trago.

—¿Cuánto es?

—Quinientas, pero si quiere otra copa, le invita la casa.

Negó con la cabeza y ensayó una mueca. Gotas de sudor le resbalaban por sus lisas y gordezuelas mejillas.

Metió la mano derecha en el bolsillo interior de su chaqueta y extrajo una billetera del tamaño de un limón. La Flautista tragó saliva. Ella estaba hecha para hombres con carteras así.

El billete de cinco mil pesetas se sostuvo unos instantes en el aire y luego cayó en el mostrador. La Flautista, como hipnotizada, se levantó de su silla y se le acercó por detrás.

—¿Me invitas? —susurró.

Sufrió un sobresalto.

—Lo siento —intentó sonreír y no le salió—, lo siento mucho, señorita, pero me tengo que marchar.

—Anda, guapo, una copita.

—Bueno —dijo con voz débil—. Está bien.

—Güisqui —pidió La Flautista—. Y cóbrate de ahí.

Señaló el billete y el recién llegado volvió a levantar el brazo y mirar la hora. El maletín parecía nuevo y caro y, la mujer, sin tocarlo, adivinó la suave textura del cuero.

—¿Tanta prisa tienes?

—¿Eh?

—Que te quedes un ratito, hombre. Mira, tú y yo nos podíamos ir a aquel reservado con una botellita —hizo un gesto con la mano en dirección a uno de los rincones sin iluminar y bajó la voz—. No veas lo que te voy a hacer.

—Tengo prisa... —comenzó a moverse y la mujer lo tomó del brazo.

—Venga, hombre —le acarició el cuello, el pecho y después bajó a la cintura. Estaba gordo, la carne se hundió bajo la presión de su mano—. Va a ser un ratito muy agradable —asomó la lengua entre los labios y la movió—. ¿Vale?

La apartó con un gesto. Su rostro estaba desencajado y tenso. Todavía intentó sonreír.

—No, me tengo que marchar.

—La vuelta, señor —dijo entonces Pacheco y puso un platillo en el mostrador con cuatro billetes de mil pesetas.

El hombre del abrigo verde y el maletín tomó rápidamente el dinero y sin despedirse abandonó el local. La Flautista se apoyó en el mostrador observando la puerta.

—Qué prisa lleva —dijo.

—¿Quieres el güisqui?

—Bébetelo tú.

—Le has asustado, Flautista. Eres una imbécil.

—No digas tonterías —tendió la palma de la mano—. Me debes una *libra,* Pacheco.

—Tendría que descontártela.

El dueño del bar abrió el cajón del mostrador y le tendió a la mujer un billete de cien pesetas. Esta lo dobló en cuatro y se lo introdujo en el escote. Tamborileó con sus largas uñas pintadas de rojo.

—Estaba asustado —insistió.

El otro no dijo nada y comenzó a ordenar vasos y a limpiarlos. La noche se había acabado hacía rato. Cuando tuvo el bar a su nombre pensó que era un buen negocio, ahora ya no estaba tan seguro.

La Flautista hablaba poco y él, menos, de modo que se mantuvieron en silencio hasta que un reloj eléctrico de color azul, regalo de un representante de bebidas, marcó las cuatro de la madrugada. Entonces dio por terminada la jornada.

—Vete ya, Flautista, que voy a cerrar. ¿Quieres venir a tomar café?

—No, que no duermo —caminó hasta donde había estado sentada toda la noche y del respaldo de la silla cogió un chal de lana blanca, hecho por ella misma, y un bolso de cierres dorados—. Mañana me voy al bar de Rosario, Pacheco, a ver si me estreno. Vendré después. Dile a Angelita que se cuide.

El del bar gruñó una despedida y la mujer salió a la calle Hernán Cortés y caminó por ella en dirección a Hortaleza.

Hacía frío y se arrebujó en el chal. Miró arriba y abajo y no vio a nadie.

Todavía podía pescar a algún borracho rezagado o uno de esos que no tienen dónde dormir y buscan pasar la noche de la mejor manera posible. Pero lo más que podría conseguir sería un borracho pesado o un *madero* y ninguna de las dos cosas le gustaban. Los borrachos se ponían sentimentales y habladores y le solían vomitar encima. En cuanto a los *maderos*, mejor era no pensarlo. Los *maderos* no pagaban.

Caminó calle arriba y sus pasos sonaron como pistoletazos en la calle desierta. De vez en cuando un coche barría las fachadas de las oscuras casas con sus faros y luego desaparecía en dirección a la Gran Vía.

Al fondo, en la esquina con Augusto Figueroa, vio a una figura humana sentada en la calle con la espalda apoyada en la pared. Era un hombre, probablemente un borracho, y los borrachos suelen llevar reloj y carteras.

Estaba muy oscuro, pero pudo distinguirlo sentado, muy derecho, con los brazos extendidos a lo largo del cuerpo y la cabeza levemente inclinada sobre el pecho. Siguió sin ver a nadie y cruzó de acera.

—¡Hola! —saludó—. ¿Cómo estás, guapo?

El borracho no se movió. El abrigo que llevaba muy bien podría ser un loden de color verde. De todas formas, estaba demasiado oscuro como para distinguirlo.

Le tocó el hombro y entonces vio la gran mancha oscura y espesa que le cubría la parte delantera del abrigo y ensuciaba el suelo. La cabeza se le inclinó y mostró una terrible herida que le recorría el cuello de oreja a oreja como una enorme boca que se estuviera riendo.

La mujer dio un grito, se echó hacia atrás y su pierna derecha empujó, sin querer, al hombre que se deslizó al suelo con un ruido sordo, quedándose boca arriba. Debajo del cuerpo había una pequeña pistolita que parecía de juguete.

Se apretó el estómago con las dos manos, trastabilló y con los ojos desorbitados por el miedo, retrocedió y comenzó a correr calle arriba.

Había reconocido la pálida cara gordezuela y el abrigo verde.

UNO

Las manos eran grandes, cuidadas y de dedos finos y el tenedor y el cuchillo de plata. Partían con suavidad los restos de una gruesa loncha de jamón en un plato de loza blanca adornado con arabescos azul pálido. La taza de café también era de loza blanca y hacía juego con el plato. El mantel era azul marino.

El cuchillo evolucionaba con movimientos suaves y precisos y el tenedor pinchaba y separaba con esa suerte de gestos que no se aprenden por casualidad.

El hombre que desayunaba tenía alrededor de cincuenta años, las sienes plateadas, cabello sedoso que le cubrían la nuca y facciones regulares que el moreno lámpara resaltaba. Iba vestido con un traje gris perla de lana inglesa y estaba sentado ante una mesa colocada en un amplio office de muebles blancos. Una música suave salía de alguna parte y acallaba los tenues ruidos que surgían de la cocina adyacente. El hombre parecía pensativo y preocupado.

Dejó el tenedor y el cuchillo y bebió despacio el café. Cuando terminó, se retrepó en la silla, metió la mano en el bolsillo de su chaqueta y extrajo un paquete de cigarrillos americanos y un encendedor Dupont de oro. Prendió un cigarrillo y expulsó el humo con la cara hierática.

La criada, al otro lado de la abertura cuadrada que separaba el office de la cocina, asomó la cabeza y preguntó con voz metálica:

—¿Quiere más café, don Raúl?
—No.
—¿Zumo de naranja?
Negó con la cabeza y preguntó a su vez:
—¿Va a bajar a desayunar la señora?
—No, señor. Ha pasado muy mala noche.
Murmuró algo ininteligible, apagó el cigarrillo y se levantó de golpe. Era de estatura mayor que la normal y caminó a grandes zancadas hasta un salón encristalado que daba a un jardín. Allí se detuvo unos instantes, se acarició la barbilla en un gesto característico, dio media vuelta y subió las escaleras alfombradas que conducían al primer piso. Entró sin llamar al dormitorio de su esposa.
Avanzó a oscuras hasta la ventana, descorrió las cortinas y alzó las persianas. La habitación era mayor que su propio dormitorio y estaba decorado en todos los tonos posibles de verde. Un color que le gustaba especialmente a su mujer.
En la mesita de noche había un cenicero repleto de colillas a medio terminar y un libro abierto. Lo miró todo con reprobación.
Se inclinó sobre la cama. El sol había dibujado telas de araña en la colcha y en la pálida cara de su esposa. Le tocó el hombro.
Dormía en posición fetal y se volvió lentamente. Su pelo era corto, como el de un muchacho y rubio tintado, pero le caía bien a su rostro ovalado.
Tenía las arrugas en las sienes de los que se ríen mucho pero sin ganas y su boca, grande y de labios abultados, formaba una línea ligeramente inclinada hacia abajo como si hubiera estado mucho tiempo apretándola.
Parpadeó varias veces y bostezó antes de responder:
—¿Qué pasa? ¿Qué ocurre?
—El entierro es a la una y media, cariño.
—¿Me despiertas para decirme eso?
—Debes ir, Marta.
Se incorporó y tomó de la mesilla de noche el

paquete de cigarrillos. Encendió uno y expulsó el humo con fuerza.

—No pienso ir, Raúl. Eso lo dejamos claro ayer —dijo despacio.

El hombre sonrió con desgana, como se suele hacer con los niños pequeños o los perros juguetones. Estaba de pie, levemente inclinado, con la mano derecha metida a medias en el bolsillo de la chaqueta. Procuró hablar con despreocupación.

—Vamos, Marta, no tienes nada que hacer. Me da la impresión de que no lo has entendido. Todo el mundo irá al entierro. Todo el mundo.

—Di cualquier cosa, Raúl. Que estoy enferma, que me duele la cabeza —agitó el cigarrillo en dirección a su marido—. Invéntate lo que quieras, lo haces muy bien.

—Tienes que estar allí a la una y media —repitió.

—¿Sí, querido?

—Sí.

La mujer sonrió, pero sus ojos permanecieron impasibles.

—Me encanta la forma en que manejas mi vida. De verdad.

—Déjate de bromas, Marta, tienes que venir y tú lo sabes.

—Ayer estuve con Luisa. Ya está bien de entierros. Me pasé toda la tarde consolándola y acompañándola mientras se probaba ropa negra. Además, no aguanto al Viejo ni a ninguno de tus compañeros del Banco.

—Somos amigos de Luisa y Fernando —dijo impaciente—. Mejor dicho, éramos amigos de Fernando... recuérdalo. No sería lógico que no fueras. A un entierro se va incluso con dolor de cabeza. El Viejo nos ha pedido que vayamos todos. Te lo pido como un favor personal.

La mujer volvió a bostezar, dio una pitada al cigarrillo y lo aplastó en el cenicero. Se echó hacia atrás en la cama y su espalda se apoyó en la almohada. El camisón blanco de encaje mostraba el comienzo de sus breves pechos. Observó a su marido que intentaba mantener a duras penas su conocido aire jovial y movió la boca como si fuera a decir algo.

—Déjame dormir —dijo al fin.

—No es bueno que tomes tantas pastillas, cariño. Mi madre tiene una fórmula perfecta para dormir: leche caliente y miel. ¿Por qué no le haces caso y la pruebas? No falla.

—Vete.

—No atiendes a razones.

—Tú tampoco —dijo apretando la boca—. Llevo una semana intentando hablar contigo y no lo consigo. Eres incapaz de...

—¿De qué, cariño?

La mujer hizo un gesto vago con la mano.

—Déjalo, ahora me da igual.

Raúl soltó una corta risa desganada.

—Hablaremos después del entierro.

—Lo que quieras, pero márchate ya. Déjame sola, por favor.

—A la una y media en la iglesia, después iremos al cementerio. Recuérdalo, cariño —repitió otra vez.

La mujer se deslizó bajo las sábanas dándole la espalda y él cerró la puerta del dormitorio con cuidado.

El Mercedes celeste de Raúl Sandoval aparcó con un chirrido de frenos frente a la entrada del estacionamiento para ejecutivos en la sede central del Banco en la calle de Alcalá. Hasta él acudió uno de los vigilantes. Era un hombre recio y viejo con el pelo cortado al cepillo y el uniforme marrón. De su cinturón pendía un revólver cromado embutido en una funda negra.

—Buenos días, don Raúl —dijo, asomando la cabeza por la ventanilla—. Un día estupendo, ¿eh?

—Sí, Baldomero, un día maravilloso para estar en la piscina. ¿Cómo sigue tu mujer?

—Como siempre, don Raúl, ya sabe usted cómo son las mujeres. Se quejan de vicio.

—Cuídala un poco, Baldomero.

—Sí, don Raúl. A propósito, acaba de venir alguien preguntando por usted, pero no le dejamos subir a su despacho. Ya sabe usted cómo son las normas. Llamamos a su secretaria y no tenía cita con usted. El hombre insistió mucho en verlo. Quiero que sepa que si hubiera sido por mí le dejo subir, pero estaban allí Vicente y don Salvador y ya sabe usted cómo son.

—No te preocupes, Baldomero. Has cumplido con tu obligación. ¿Quién era?

—No dio su nombre, ni tampoco enseñó la documentación porque se la había dejado en el hotel. Además... —titubeó— no iba, digamos, bien vestido.

—¿Y no dijo quién era?

—Amigo suyo. Yo le dije que llamara por teléfono a su secretaria y concertara una cita y que se trajera la documentación. Prometió hacerlo —se retiró unos centímetros de la ventanilla—. Lo siento, don Raúl, comprende usted...

—No te preocupes, ya volverá. No recuerdo ninguna cita para hoy... ¿Cómo era?

—Verá usted, de unos cincuenta años, delgado, ancho de hombros, el pelo blanco... no sé... cuando hablaba no se le movía la cara. De estatura normal... llevaba una cazadora blanca y pantalones azules... comprenderá que...

—Has hecho bien. Si quiere algo de mí, ya llamará.

Salió del coche y el vigilante armado se apartó con respeto.

DOS

En una de las ventanas había un cartel que decía AGENCIA MATRIMONIAL NUEVA VIDA y abajo, en letras más pequeñas, RESERVA Y DISCRECIÓN. Silverio Roca subió las escaleras hasta el cuarto piso y allí se detuvo. El cartel de la puerta anunciaba lo mismo. Tocó el timbre.

Vestía una cazadora blanca descolorida y unos pantalones azules de dril sin forma. Estaba sin afeitar y su cabello cano necesitaba un peluquero que supiera manejar el peine y las tijeras. Su cara angulosa y alargada, morena y surcada de arrugas, anunciaba un hombre en la frontera de la madurez.

La puerta se abrió y una jovencita con el pelo tintado a mechas le observó de arriba a abajo.

—¿Qué desea? —preguntó—. Aún no hemos abierto. Es muy temprano.

—Información —contestó él.

Volvió a mirarlo. Sus ojos se detuvieron en la ropa, después en los zapatos y regresó de nuevo a la cara. Había visto a muchos fulanos decir lo mismo, pero aquél parecía diferente.

—¿Tiene cita? —volvió a preguntar.

—Déjate de tonterías y llévame con tu jefe.

La empujó suavemente y entró a un vestíbulo donde había un enorme cartel con un hombre y una mujer mirándose a los ojos. La chica retrocedió.

—¿Quiere... quiere ver a don Jerónimo?

—Eso he dicho.

—¿De parte de quién?

—Mi nombre no te va a decir nada. Llévame a su despacho.

Tenía los ojos grandes, demasiado maquillaje barato en la cara y el vestido a lunares y el miedo le sentaban mal.

Señaló un pasillo oscuro, pintado de color mantequilla y que olía como si estuviera rancia.

—Por aquí... señor. Pero otro día tiene que llamar por teléfono.

Caminaron por el pasillo que tenía cuadros enmarcados con listones de madera marrón, que parecían recortes de revistas ilustradas.

La muchacha se detuvo frente a una puerta en la que ponía Dirección en letras negras. Llamó suavemente, la abrió y sin aguardar respuesta asomó la cabeza. Alguien tosió al otro lado.

—Un cliente quiere verle, don Jerónimo. No tiene hora.

—Que pase —contestó una voz ronca que continuó con una tos gangosa. La chica se volvió a Roca y le hizo un gesto con la cabeza. Éste pasó al despacho.

Un sujeto con una peluca rubia, vestido con un traje negro a rayas blancas que le venía estrecho, le aguardaba con la mano derecha extendida. Estaba de pie tras una mesa demasiado limpia.

—Adelante —exclamó y la cara se le contrajo por otro golpe de tos que no pudo contener—. Pase usted y siéntese, caballero.

Roca se sentó en un sillón mientras el otro seguía debatiéndose con el ataque de tos. Su brazo derecho le bailaba en el aire. Cuando al fin pudo apaciguarse, se dio cuenta que el recién llegado no le iba a estrechar la mano. De modo que la apartó y se sentó a su vez.

Había dos balcones en la habitación, una alfombra de color indefinido, dos sillones tapizados de plástico rojo y un sofá del mismo color en uno de los rincones. En el otro, se veían tres muebles ficheros de color gris.

—Disculpe —dijo el sujeto—. Tengo bronquitis

crónica —distendió los húmedos labios en una sonrisa—. Debería fumar menos. ¿En qué puedo servirle?

—Quiero la dirección de una mujer. Hace tiempo trabajaba aquí. Se llama Conchita, Conchita Sanz.

Jugueteó con sus dedos y fingió no haber oído nada.

—Ha venido al lugar adecuado. ¿Cómo ha sabido de nosotros?

—Lo he leído en el periódico.

—¡Ajá! —exclamó, abrió un cajón y le tendió a Roca una hoja impresa—. Nuestra tarifa para caballeros es de cinco mil pesetas. Tendrá que rellenar esto, traer una fotografía y pagar dos mil pesetas... ejem, a la firma de la inscripción. Una semana después le presentaremos a su media naranja —sonrió más que antes—. La cita se la organizaremos nosotros y entonces terminará el pago. Tiene derecho a otras dos citas.

Roca miró distraídamente la hoja impresa. Había apartados para el nombre, apellidos, dirección, años, datos físicos y un casillero al final donde habían escrito: «¿Cómo quiere que sea su media naranja?»

—Muy bonito —dijo Roca—, pero yo no quiero casarme. Le he dicho que quiero la dirección de esa chica, trabajó aquí.

—¿Cómo ha dicho?

—Me ha entendido muy bien. No se haga el tonto. Si la información vale dinero, se lo daré. Pero no juegue, tengo poca paciencia.

—¡Eh! —exclamó—. Ésta es una agencia matrimonial, y no un...

Roca le colocó la mano suavemente en el brazo y se adelantó en la silla. Al sujeto le empezó a temblar el párpado derecho.

—Conozco el negocio, así que cierre el pico. Ella no debe estar en el grupo de las cinco mil pesetas. Se llama Conchita, Conchita Sanz. Haga memoria.

Los ojos le brillaron y aunque la mano no ejercía presión en el brazo, la sentía como una cataplasma caliente. En su profesión había que saber catalogar a la gente y habría jurado que aquel tipo era de los de cinco billetes como máximo. Sin embargo, había algo inescrutable en él que le inquietaba. Quizás la helada determinación de sus ojos. No lo sabía y aquello le estaba poniendo nervioso.

—Verá, creo que ya sé lo que me dice. Usted es de los exigentes que buscan a Conchita... sí, me di cuenta en cuanto lo vi. Usted no quiere cualquier cosa. Bien, lo que ocurre es que Conchita...

—Corte el rollo.

—¿Eh?

—He dicho que corte el rollo.

—Je, je, je, tiene sentido del humor.

—Termine lo que estaba diciendo, tengo prisa.

—Lo que le decía es que, ejem, Conchita está en otras tarifas, la de gente selecta, un reducido grupo. Son diez mil, cinco y cinco. Me agradaría verlo en ese grupo, señor. Las mujeres que hay aquí son extraordinarias, pero Conchita es de las mejores. Ahora, si tiene la bondad, rellene este impreso de inscripción. La fotografía puede traerla otro día.

—No ha entendido nada, es una lástima. Quiero la dirección de Conchita. Un metro sesenta y ocho, morena, labios rojos y risueños, ojos almendrados y con cerca de veinte años. ¿Estamos hablando de la misma?

Se atragantó y comenzó a toser, soltando salivazos en todas direcciones. Su cara se había convertido en una masa roja. Se calmó a duras penas.

—Escuche —borbotó—, ella no... ella no puede citarse con cualquiera. Soy yo quien...

—¿Cuánto vale saber su dirección? —metió la mano en el bolsillo de la cazadora y dejó sobre la mesa un fajo de billetes de cien arrugados—. Cuéntelos y dígame dónde vive.

—Aguarde un momento —el sujeto se recuperó—. Conchi no podrá verlo cuando quiera. Tendrá que esperar como los demás y son cinco ahora y el resto después. Pero si quiere, puede pagarlo todo ahora mismo.

Cogió el fajo de billetes y se puso a contarlos. Roca le atenazó otra vez la muñeca con su mano derecha y el de la peluca miró la mano como si no diera crédito a lo que veía.

—Un momento. ¿Qué es eso de que tengo que esperar? Sólo quiero saber dónde vive.

—Conchi gusta mucho, señor, le alabo el detalle, pero no hay más remedio. Déjeme su teléfono y su dirección y yo le llamaré —no se aflojó la presión de su muñeca. Aquel hombre le estaba poniendo verdaderamente nervioso—. Y por favor, rellene la inscripción, hay que cumplir algunos requisitos.

El sujeto le apartó la mano, se echó hacia atrás en la silla y abrió el cajón de la mesa. Fue muy rápido, pero Roca, adelantó el cuerpo y su puño derecho recorrió una corta trayectoria hasta estrellarse contra su grueso cuello.

Lanzó un chillido agudo, torció la cabeza como un muñeco de feria y cayó al suelo. Roca dio la vuelta y terminó de abrir el cajón.

Dentro había un mazo de hojas de inscripciones, factura, clips, bolígrafos, una automática Walter cargada y brillante por el uso, y una agenda de tapas negras.

Se guardó la Walter en el bolsillo y hojeó la agenda. Había muchos nombres con cifras, número de teléfonos y fechas. También iniciales, muchas iniciales.

Guardó sus billetes desparramados por la mesa y le dijo:

—¿Por casualidad no conoce a un amigo de esa chica llamado el Chino Vidal? Vive con ella.

—No —farfulló.

Le sacudió una patada.

—Refrésquese la memoria o le quito la tos para siempre.

—Apartamentos El Molino —susurró—. En el número veinticinco de Capitán Haya, cuarto izquierda.

—Como eres listo sé que no la avisarás. Pero, para recordártelo, me llevo tu agenda. Alguien puede meterla en un sobre y enviársela a la bofia.

Un gruñido fue la respuesta. Empezó a moverse despacio y buscó a tientas la silla donde había estado sentado. Se derrumbó en ella. La peluca rubia se le había descolocado y tenía un aspecto lamentable de pollo mojado.

—Márchese de una vez —borbotó.

—Si sueltas la lengua te arrepentirás —dijo tranquilamente y el otro se estremeció.

Abandonó el despacho sin hacer ruido y atravesó el pasillo con olor a rancio.

Luego salió a la calle.

TRES

La muchacha abrió la puerta, dio un grito y se echó hacia atrás. Tropezó con un macetero de cerámica blanca y rosa en el que había un filodendro y cayó al suelo de espaldas. Llevaba una bata negra que se abrió más arriba de los muslos.

Silverio Roca dirigió la Walter que había cogido en la agencia al salón en desnivel que se divisaba desde el vestíbulo. Era una habitación grande en la que los muebles estaban colocados para que impresionaran, como si fueran un muestrario.

Cogió a la chica del cuello y la levantó. Sus pies se elevaron del suelo.

—¿Dónde está el Chino? —preguntó con voz ronca, sin dejar de observar el salón.

—Silverio... —susurró.

—¿Dónde está? —repitió, pero no había nadie, ni se oía nada, excepto el sonido difuso de un aparato de televisión a colores de diseño aerodinámico, enchufado a un vídeo.

La muchacha había perdido el color del rostro y sus brazos colgaban desmadejados. El hombre la arrastró hasta el salón y la arrojó al suelo. Había un sofá semicircular de color salmón, lámparas modernas de metal, cuadros, alfombras y maceteros con flores. En la televisión, un grupo de soldados yanquis tiroteaban a unos indios. A ambos lados de la sala, estaban entornadas dos puertas forradas de tela blanca.

—¿Hay alguien?

—No —gimió ella—. Estoy sola, de verdad.

Empujó una de las puertas de una patada y entró en un dormitorio donde una cama redonda llena de almohadones se reflejaba en un espejo colgado del techo. A un lado de la pared había un armario empotrado y en el otro un tocador con otro espejo.

Enfrente de la cama había otra puerta, la abrió y encontró un cuarto de baño alicatado hasta arriba de negro. Regresó al dormitorio y descorrió las puertas del armario empotrado. Había casi ocho metros de vestidos de todas clases colgados de sus perchas. En la parte de abajo los zapatos se alineaban como en un desfile.

La chica se había sentado en el sofá y sus ojos seguían lo que hacía el hombre con expresión de horror.

Silverio Roca hizo un gesto con la pistola en dirección a la otra puerta.

—Es la cocina, no hay nadie —insistió ella con voz débil.

Se asomó. Había un reloj eléctrico colgado de la pared que marcaba las diez y media y muebles de madera que parecían caros. Sobre una mesa con un mantel a cuadros azules y blancos, estaban los restos de un desayuno.

Dio la vuelta y nuevamente se enfrentó a la muchacha que se estremeció.

—Ahora eres una puta cara, tienes una casa elegante. ¿Era esto lo que querías?

—Me alegro de que estés bien, Silverio, de verdad.

Elevó la mano derecha y la descargó con fuerza sobre su cara. Se derrumbó en el suelo con un corto gemido.

Ni siquiera se cubrió. Desde el suelo volvió a mirarlo con sus ojos negros y profundos donde el miedo se reflejaba. Se tocó fugazmente la mancha roja que empezó a formársele en la mejilla.

—Yo no sabía que Miguel quería matarte. No pude hacer nada, no pude avisarte. Debes creerme. No sabía que quería matarte.

—No me mató, no pudo. Pero yo sí voy a mataros a los dos.

—¡Dios mío! No sabes cómo...

—¡Calla!

Comenzó a llorar sin ruido, a intervalos. De vez en cuando lanzaba un corto sollozo. Roca encendió un cigarrillo y se sentó en uno de los sillones.

—Silverio —dijo ella al cabo del rato—, Silverio, por favor, escúchame, no me mates. ¿Qué podía hacer yo? Miguel, me engañó, yo no tuve nada que ver. Me dijo que te habías marchado y...

—Os quedasteis los dos con mi dinero. Me debéis quinientas mil pesetas sin contar las molestias —sonrió—. Que han sido muchas. ¿Sabes? No es agradable levantarse con cuatro tiros encima. Ahora dime dónde está el Chino.

La chica se apartó el pelo negro de la frente. Llevaba las cejas muy depiladas y parecía una mujer de más años. Sin embargo, acababa de cumplir los veinte.

—Nos veíamos aquí de vez en cuando —contestó con voz ronca—. Pero hace más de un año que lo dejamos. Miguel se acabó para mí.

—¿Es suya esta casa?

—No, es mía, Silverio, sólo mía. Es lo único que tengo.

—¿Dónde vive el Chino?

—No lo sé, Silverio, de verdad. Nunca lo he sabido. Se ha comprado un hotel, pero no sé en dónde. Además, él nunca fue nada para mí... uno más de los que venían.

Sonrió en silencio.

—¿Uno más? ¿Cuánto sacaste de mi viaje?

—Silverio, créeme, de verdad. ¡Dios Santo, cómo quieres que te lo diga! ¡Yo no sabía que quería matarte!

Sentada en el sofá no parecía aquella niña que salía a la puerta de la pensión cuando él llegaba y supo que había sido útil pensar durante todo ese tiempo en cómo habría de matarla.

Se levantó del sillón y con la pistola en la mano

abrió el mueble bar. Una luz se encendió dentro y le mostró las botellas alineadas y los vasos de cristal tallado. Cogió una botella de ginebra y volvió a sentarse.

Ella parecía llorar como si él no estuviera presente, como llora la gente cuando está sola. Bebió directamente de la botella y el licor le raspó la garganta y le llenó de calor el estómago.

—No me mates y le sacaré a Miguel el dinero, Silverio, por favor... Te diré dónde vive él y dónde vive el otro, el del Banco. Siguen siendo amigos.

—En cuanto saliera por esa puerta lo llamarías por teléfono, zorra. Y ya no hace falta que me des la dirección de su amigo el del Banco. Ya he hablado con él.

—Quiero vivir —gimió—. Quiero vivir, Silverio. No me mates.

Se arrastró hasta apoyar la cara en su regazo. Él apartó la mano armada con la pistola y la dejó caer al costado del sillón. Bebió otra vez de la botella.

No había cambiado mucho con los años. Más delgada, más mujer y con grandes círculos negros alrededor de los ojos, pero eso era todo. No tenía nada que ver con la otra Conchita de otros tiempos. Ahora que estaba a su merced tenía que apretar el gatillo como había pensado una y otra vez todos aquellos meses. Tenía que hacerlo.

Habló lentamente:

—Todos queremos vivir. Yo también.

Levantó la mano con la pistola y se la colocó en la cabeza, entre el pelo negro. Ella se estremeció.

—No... —balbuceó.

Entonces sonó el timbre.

Sonó una, dos veces y Roca continuó apoyándole la pistola. Podía sentir el temblor de su cuerpo.

—¿Esperas a alguien? —preguntó en voz baja.

La cara de la muchacha era una máscara. Tardó en responder.

—No —contestó en un susurro.

El timbre volvió a sonar. Ahora alguien golpeaba la puerta con las manos.

La observó con una muda interrogación. Estaba sentada en el suelo a sus pies y se incorporó. Roca le hizo señas de que contestara. Al mismo tiempo se escuchó una tos a través de la puerta.

—¿Quién es? —gritó Conchita.

—Soy Jerónimo —dijo una voz al otro lado—. Ábreme, Conchita. Quiero hablar contigo, es importante. Ábreme por favor.

La muchacha comenzó a caminar en dirección a la puerta.

—Quieta —siguió apuntándole con la pistola. Negó con la cabeza—. No te muevas.

—Es Jerónimo, el de la agencia —susurró.

—¿Qué quiere? —gritó entonces Roca.

Hubo un silencio al otro lado.

—Hablar con usted también —respondió unos segundos después.

—¿De qué quiere hablar conmigo?

—Quiero hacer un trato con usted. Puedo ayudarle —Roca miró a Conchita. La muchacha respiraba agitadamente.

—Abre, pero con mucho cuidado, muy despacio. ¿Lo has entendido?

Se movió hasta colocarse enfrente. Adelantó el brazo armado con la Walter y la situó en tiro, cubriendo la puerta. Le hizo un gesto y la muchacha descorrió el cerrojo.

El de la agencia sonreía con los brazos extendidos y las palmas abiertas.

—¿Puedo pasar?

Roca le apuntó con la pistola y asintió.

—Avance hasta aquí. ¿Qué es lo que tenía que decirme?

El de la agencia cerró la puerta, se sentó en el sofá y cruzó las piernas.

—Conchi —dijo—. Tráeme algo de beber, anda, sé buena.

Roca se agachó, cogió la botella de ginebra que estaba en el suelo y se la arrojó. El otro la tomó al vuelo, aplicó sus labios al gollete y bebió ávidamente. Chascó la lengua.

—Bueno. Esto es otra cosa —miró alrededor y después a Conchi. La muchacha se retorcía las manos—. No sé lo que le has hecho a este hombre, Conchi, ni me importa. Pero una cosa está clara, yo no tengo nada que ver —distendió sus gordos labios y enseñó los dientes—. ¿No es así?

—Diga de una vez lo que quiere.

—Escuche —contestó rápidamente—. Yo no le he hecho nada, no tengo nada que ver con... con sus problemas, de manera que estoy dispuesto a hacer un trato con usted... información a cambio de la agenda. Me es muy útil y a usted no le servirá de nada... Y deje de apuntarme con mi pistola, he venido en son de paz.

Roca bajó la Walter.

—Hable, ¿qué información quiere venderme?

Conchi emitió una risa nerviosa.

—Siempre has sido un cerdo, Jerónimo. Este hombre quiere matarme. ¿No lo ves?

—Te lo mereces —volvió a sonreír—, sólo me has traído quebraderos de cabeza —miró a Roca—. Cuando usted se fue de la agencia me puse a pensar. Usted mencionó que buscaba a un tal el Chino. ¿Me equivoco?

—¿Sabe dónde encontrarlo?

—Se llama Miguel Vidal y le llaman Chino Vidal.

—Eso ya lo sé. Lo único que me interesa es saber dónde vive.

—La dirección la tiene usted en esa agenda. Pero naturalmente no está con su nombre. Algunos de mis mejores amigos están apuntados con nombre supuesto. Yo puedo ayudarle a que encuentre la dirección... y otros datos.

—¿A cambio de qué?

—De la agenda. A usted no le hace falta y a mí sí. No puedo tirar cinco años de trabajo a la basura por un problema... —hizo una pausa— por un problema con una de mis empleadas.

—¡No le digas nada, Jerónimo!

—¡Vete a la mierda! —exclamó y se dirigió otra vez a Roca—. ¿Qué dice de mi proposición?

—Nos quiere matar. ¿No te das cuenta, Jerónimo? Nos quiere matar —Conchi avanzó por el cuarto—. Este hombre quiere matarnos a Miguel y a mí. No le digas nada.

—Muy interesante —dijo Roca—. Y decías que no sabías nada de él, que se había acabado para ti.

—Silverio, no nos hagas nada y te prometo que hablaré con Miguel para que te devuelva el dinero... y mucho más si tú quieres, pero déjanos tranquilos, por favor.

Roca torció la boca en una sonrisa. El de la agencia sudaba y parecía congestionado. Se había echado hacia adelante y apoyaba los codos en las rodillas.

—Silverio, Miguel hará lo que yo le diga. No me hagas nada.

—Ya es tarde. El Chino y tú me las tenéis que pagar.

La muchacha dio un alarido y se lanzó contra Roca. Entonces, el de la agencia, velozmente, dirigió su mano derecha a la cintura. La sacó empuñando una Star niquelada del nueve corto que parecía inofensiva. Roca levantó la Walter mientras intentaba apartar a Conchita. Antes de que apretara el gatillo, escuchó dos apagadas detonaciones, como el descorche de botellas de champán, y la muchacha se estremeció. Agarrado a ella disparó en dirección al otro hombre.

Vio su cara gorda y colorada hacer una mueca, toser, dar dos pasos vacilantes a su izquierda y luego desplomarse con un gemido.

Conchi había caído sobre la moqueta. Su pelo negro y espeso le tapaba la cara. Cuando se lo apartó, sus ojos le lanzaron una mirada vidriosa. De su boca brotaron dos tenues hilillos de sangre. Intentó hablar pero una bocanada de sangre se lo impidió.

—Voy a llamar a un médico, no te muevas —le acarició el pelo suavemente.

—Silverio... —su voz se quebró. La sangre se deslizaba por el cuello y le corría por la bata negra y el nacimiento de los pechos. Movió los labios como si salmodiara—. Silverio... —repitió otra vez y alzó un brazo.

—No digas nada, no hables. Voy a llamar a un médico.

El brazo cayó pesadamente y un ronquido profundo surgió de su garganta junto a un chorro de sangre. Sus ojos se quedaron inmóviles.

Roca le colocó dos dedos en la yugular y los retiró en seguida.

El de la agencia estaba boca abajo y aún agitaba las piernas espasmódicamente. La peluca no se había movido del sitio y la Star descansaba a sus pies. Le dio la vuelta y una mancha roja se fue agrandando en el lado izquierdo del pecho, mientras una sombra húmeda en la entrepierna se hacía más oscura que el color de sus pantalones.

El movimiento de sus piernas cesó bruscamente y Roca levantó la botella de ginebra del suelo y la terminó de un trago largo. Luego, caminó hasta la televisión. La película continuaba.

En la pantalla las pequeñas figuras eran muy nítidas. Las observó. Unos soldados de la caballería americana se defendían de un numeroso grupo de indios. Subió el volumen. Los disparos y los aullidos atronaron el salón.

Primero limpió la botella con un pañuelo, después la Walter del gordo, los pomos de las puertas, el armario corredero del dormitorio y todos aquellos muebles que había tocado. Cuando pensó que había terminado el trabajo, se agachó junto al cuerpo de la muchacha y volvió a palparle la yugular. Le colocó la Walter en la mano y se la apretó.

Fue hasta la puerta, pegó el oído a ella, la abrió y salió al descansillo. No había nadie.

Bajó rápido las escaleras.

CUATRO

El cura abrió los brazos y luego los cerró despacio. Al mismo tiempo inclinó la cabeza. Dos monaguillos jóvenes agitaron los incensarios y una nube de vapor oloroso se expandió por la iglesia.

—Nuestro hermano Fernando —comenzó a decir— ha sido vilmente asesinado, víctima del cobarde asalto de unos criminales. Por un puñado de monedas un hombre bueno, trabajador y temeroso de Dios ha ido a reunirse con nuestro Señor Jesucristo en el tribunal del que nadie se librará —elevó la voz y los altavoces colocados a ambos lados del altar devolvieron ecos metálicos—. ¡Pero se ha ido cuando aún no le había llegado su hora! —bajó la voz y ajustó el micrófono—. Y deja a su desconsolada esposa María Luisa, a su padre, familiares, allegados, amigos y a sus jefes y compañeros del Banco con un tremendo vacío en sus corazones. ¡Hermanos, estamos aquí para darle el último adiós a Fernando! Rezad por su alma inmortal, para que entre en la vida eterna de la mano de Nuestro Señor...

Raúl Sandoval cambió el peso del cuerpo de una rodilla a otra y el dolor sordo que le atenazaba desde el comienzo de la misa le subió por las piernas hasta la columna vertebral. A su lado, Romualdo, el jefe del Departamento Jurídico, emitió un suspiro. Tres lugares más allá, distinguió la cara afilada y pétrea del Viejo tan inmóvil como si estuviera tallada en madera.

Fernando había sido su adjunto en el Departamento Central de Créditos de modo que su lugar en la iglesia, de no haber estado en el ataúd, debería haber sido a su lado, entre los jefes principales. Pero en vez de Fernando, quien estaba a su lado era Medina, el cuñado de Romualdo, que con un traje azul de pantalones pata de elefante, suspiraba de vez en cuando.

Se agitó inquieto. Marta aún no había llegado y el Viejo, sin duda, se daría cuenta. Al Viejo no se le escapaba nada.

Torciendo un poco la cabeza podía ver la puerta y las filas de atrás abarrotadas de empleados del Banco, la mayoría de los cuales ni siquiera habían oído hablar de Fernando Magallanes. Rosita, la secretaria particular del Viejo, había enviado una circular a cada departamento explicando el lugar en que deberían colocarse todos en la iglesia y después en la comitiva de coches que conduciría el ataúd al cementerio. Estaba pensado hasta el último detalle. La primera fila a derecha e izquierda eran para la familia de Fernando. Allí estaban su padre, un hombre de bigotes blancos y muy pálido, su hermana, primos, cuñado y niños que se apelotonaban en sus lugares sin saber qué hacer.

Luisa, la viuda, se sentaba en el centro, al lado de su suegro y, a través del velo, veía su rubia cabellera teñida agitarse por los lloros. No había dejado de hipar y llorar desde que comenzó la misa. Luisa era una mujer grande, de cara larga y cuando lloraba se le ponía expresión de niña.

Las dos filas inmediatamente detrás estaban reservadas para ellos, los jefes de departamento y sus esposas. Los hombres a la derecha y las mujeres a la izquierda. Doña Asunción, la esposa del Viejo, una mujer gorda y enferma, permanecía arrodillada con el velo cubriéndole los ojos. Dos meses atrás se había rumoreado que había intentado matarse arrojándose por una ventana de su casa. Lo malo era que el sitio de Marta seguía ostensiblemente vacío entre la esposa de Gómez, el jefe de Sucursales y otra mujer que no distinguía con claridad. Era un hueco, como un tajo, entre la masa de cabezas y cuerpos.

Movió suavemente las piernas. El dolor le laceró como una corriente eléctrica. Observó el reloj. Según Rosita, la misa con el sermón duraría sesenta minutos y faltaban veinte exactamente para que acabara.

Y Marta no llegaba.

De pronto, escuchó entre las toses, los murmullos y la voz del cura, el golpeteo rítmico de unos zapatos de mujer. Se estremeció. Romualdo volvió la cabeza. Los taconazos se fueron acercando y fijó la vista en la figura del cura tras el ataúd negro, cubierto por un paño. Contó de nuevo los grandes cirios que flanqueaban el túmulo de Fernando y comprobó la velocidad con que se consumían.

Romualdo se inclinó a su lado.

—Tu mujer —murmuró.

Asintió con la cabeza.

—...nadie —chilló el cura—, nadie, puede acabar con la vida de un semejante, de un hombre dedicado al trabajo y a su familia. ¡Ojalá las calles de nuestras ciudades vuelvan a ser un lugar de Dios, un lugar donde se pueda pasear sin peligro! Del mismo modo que Nuestro Señor Jesucristo expulsó a los mercaderes del templo, a los ladrones e indeseables que ocupaban la casa de Dios, nosotros debemos limpiar también nuestras calles de esa escoria criminal que...

Su mujer se arrodilló tres filas de bancos detrás del que le correspondía. Llevaba un traje sastre azul que parecía el de un hombre, chaqueta con hombreras y pantalones rectos. No se había puesto velo, ni sombrero. Era la única. Se dio cuenta que Romualdo la observaba con atención.

—¿Qué le ha ocurrido? —le susurró.

—Se encontraba mal esta mañana —contestó.

—Ya.

—Está muy delicada.

Volvió a mirar al frente. Por el rabillo del ojo vio a Medina mirar hacia atrás y sonreír.

—... y ahora —la voz del cura retumbaba en la iglesia— levantaos y rezad conmigo por el alma de nuestro querido hermano Fernando. Padre nuestro que estás en los cielos...

Terminó el cura y se retiró por una puerta situada a la derecha del altar mayor, acompañado de los dos monaguillos.

Comenzaron a salir por las primeras filas. Luisa se apoyaba en su suegro. Su cara permanecía medio tapada por el velo y su traje negro resaltaba la ampulosidad de sus formas. Al pasar frente al Viejo lanzó un gemido y se aferró a su brazo. Éste le apretó la mano.

—Ánimo —dijo con su voz ronca y silbante—. Resignación, hija mía.

—Don Ismael —sollozó.

—Vamos, hija.

Le dio unos golpecitos en la mano y su suegro la arrastró pasillo adelante. Cuando le tocó a él, caminó sin mirar a izquierda y derecha, procurando que la sangre activara sus piernas.

Descendió las escalinatas rodeado de gente. Hacía calor y le picaba el traje. Encendió un cigarrillo y se dirigió a su Mercedes aparcado cuidadosamente en una explanada frente a la iglesia. Se apoyó en la puerta. Marta había vuelto a humillarle.

Romualdo, Medina y Sánchez, el jefe General de Personal, se acercaron charlando hasta sus coches. Medina le sonrió sin motivo alguno. Sus respectivas esposas caminaban unos pasos atrás.

—Hace un día espléndido —dijo Romualdo—. ¿No te parece, Raúl? Parece mentira que estemos en octubre.

—Sí —se adelantó Medina—. Es como una continuación del verano.

Asintió. Miró por encima del coche sin ver a su esposa. Sánchez se acercó y le palmeó la espalda. Era un sujeto sanguíneo con el pelo rizado y largas patillas.

—Qué pasa, Raúl. ¿Cómo estás?

—Bien —contestó éste—. Muy bien, ¿y tú?

Se encogió de hombros. Las tres mujeres inclinaron las cabezas a modo de saludo y continuaron apartadas. Él les devolvió el saludo de la misma forma.

—Esta mañana me he hecho cinco largos en la piscina antes de venir —estaba diciendo Romualdo. Era un hombre delgado y con las espaldas hacia adelante. Llevaba un traje azul marino de chaqueta cruzada—. Chiqui no se lo quería creer. ¡Eh, Chiqui! —llamó a su esposa—. ¿A que no te querías creer lo de los largos esta mañana?

La mujer enseñó los dientes. Era menudita y se apretaba el bolso contra el cuerpo.

—Un día te vas a matar, Romualdo —le contestó.

—Pues hace frío para bañarse —dijo Medina—. Yo no me atrevería.

—Un baño por las mañanas tonifica —Romualdo se dio unos golpes en el pecho—. Y tengo sesenta y cuatro castañas.

—¿Tenemos que esperar mucho? —preguntó Sánchez y estornudó con fuerza—. Este sol me va a resfriar.

—A mí me pasa lo mismo —dijo de nuevo Medina— cada vez que cambia el tiempo... —no terminó la frase.

Raúl vio a su esposa. Estaba al pie de la escalinata de la iglesia, hablando con alguien animadamente.

—Perdonadme un momento —dijo Raúl y se alejó del grupo.

Su mujer también lo vio y levantó una mano para saludarlo. El hombre que la acompañaba se alejó.

Se colocó frente a ella y la cogió del brazo.

—Has venido tarde, Marta y te avisé de que no hicieras eso. Te lo dije.

Se deshizo con fuerza.

—¡Déjame! —exclamó—. ¿Estás loco?

—Tú eres la que estás loca. ¿Por qué has venido tarde? Te dije que había que venir al entierro.

Ella retrocedió un paso y cruzó sus brazos sobre el pecho. No llevaba maquillaje y su corto pelo se agitaba movido por la brisa.

—He venido porque te dije que quería hablar contigo. Pero sólo por eso. Tú eres el que trabaja en el Banco y no yo y si he llegado tarde ha sido porque me han entretenido en el lugar donde he ido a pedir trabajo.

—¿Tú?

—Qué estúpido eres —apretó la boca—. Qué idiota eres, Raúl.

—No sabes hacer nada. Mejor dicho, sí. Pero eso no se consigue en una oficina.

—Empiezo pasado mañana.

—¿En una oficina? Estás loca.

—Nunca he estado tan cuerda, querido.

—Bien, hablaremos de eso luego. Ahora vamos al coche. Todavía tenemos que ir al cementerio.

Negó con la cabeza.

—No querido. Ya estuve ayer con Luisa, que es a la única que le interesa esto. Me marcho, tengo que hacer muchas cosas.

Sintió una leve punzada en el estómago.

—¿Qué dices?

—Me marcho, Raúl. Procura comprenderlo. Esta vez va en serio. Voy a separarme de ti.

Soltó una carcajada seca.

—¿Dónde vas a ir?

—He alquilado un apartamento. Procura comprenderlo. No te pediré nada, absolutamente nada.

—Tú no vas a ir a ningún sitio. Tú te vas a venir conmigo al cementerio. Después, ya hablaremos.

—No, Raúl —dijo con voz tranquila—. Y haz lo posible por no ponerte desagradable. No te servirá de nada.

Iba a responderle cuando un hombre se acercó sin hacer ruido. Era bajo, macizo, rubio y con gafas de sol.

—Perdón, don Raúl —dijo el hombre—. Don Ismael quiere verlo en seguida, está en su coche.

Reconoció a uno de los guardaespaldas del Viejo Un ex-policía llamado Román.

—¿Don Ismael?

—Sí —dijo el hombre con su lenguaje cortante—. Le espera —Raúl se volvió a su mujer.

—Hablemos esta noche, por favor.

Dudó unos segundos, pero finalmente dijo:

—De acuerdo, ¿a qué hora?

—Cuando quieras.

—A las ocho.

—A las ocho —repitió ella, dio media vuelta, atravesó la fila de automóviles aparcados, dobló la esquina y la vio perderse entre la gente.

El auto blindado del Viejo relucía bajo el sol como un monstruo marino varado en una playa. Matías, el chófer, embutido en un reluciente uniforme azul, se quitó la gorra y le abrió la puerta.

Ésa era la segunda vez que subía a aquel coche, construido en Barreiros especialmente para el Viejo. Estaba blindado como un tanque y tenía aire acondicionado, tapicería de cuero y seda, un pequeño bar y teléfono. Una separación de cristales convertía la parte trasera en una reservada suite de lujo. Entró y cerró la puerta.

El Viejo apenas si le dirigió una mirada con sus ojillos vivaces como puntas de clavos. Era menudo y flaco como un pájaro, de tez morena y afilada y en las notas biográficas que de vez en cuando publicaban los periódicos se decía que contaba setenta años.

A su lado, acurrucada en un rincón, su esposa miraba al frente con ojos sin pestañas que parecían no parpadear.

—¿Me había llamado, don Ismael? —Raúl Sandoval añadió una inclinación de cabeza—: ¿Cómo está señora?

Doña Asunción no respondió.

—Ese imbécil de Fernando, nos ha metido en un lío —dijo, entrando al grano como tenía por costumbre—. Hemos recibido una carta en la que un hombre nos pide dos millones de pesetas. Según afirma, es lo que le debemos por un trabajo que le encargó Fernando hace tiempo.

La mano izquierda de Raúl comenzó a temblar y apretó el puño. Habló con seguridad:

—No sé a lo que se refiere, don Ismael. ¿Una carta?

—Al parecer —continuó—, ese individuo que no da el nombre, quedó citado con Fernando para que le devolviera lo que, según él, le debemos. Siempre según su versión, Fernando en vez de darle el dinero le amenazó con una pistola y él le cortó el cuello. Por supuesto, la policía no sabe nada.

El temblor de la mano se hizo más patente. Se agitó inquieto en el asiento.

—No sé una palabra de eso. ¿Está seguro de que no es una broma?

—Ese hombre no bromea, le ha cortado el cuello a Fernando. Parece que era uno de sus correos.

—Todos los traslados se los comunicamos por vía interna —dijo Raúl con voz apagada— y...

Le interrumpió con un gesto.

—Fernando ha estado enviando fuera partidas de dinero aprovechando nuestros canales y nuestros correos. ¿Lo sabías?

De pronto el estómago le quemó como si tuviera dentro un cuchillo candente. Hizo esfuerzos para no doblarse de dolor.

—No —contestó con un hilo de voz—. No puedo creerlo, quién lo iba a pensar de Fernando.

El chófer dio unos golpecitos en el cristal de separación y lo abrió.

—Con permiso, don Ismael, doña Rosa dice que cuando quiera. Todo está ya listo.

—Que aguarde un momento —respondió el Viejo, y se volvió a Raúl—. En caso de que mañana no le entreguemos los dos millones contará la historia a la prensa —hizo una pausa y sin aguardar respuesta, añadió—: Esta tarde a las ocho hay una reunión en mi despacho. Te esperamos.

Raúl asintió y quiso sonreír. No pudo, le salió un rictus. Se despidió del Viejo y de su esposa que continuaba igual y descendió del coche. El guardaespaldas lo miró con expresión sombría, abrió la puerta delantera y alzó la mano en dirección a alguien.

—¡Vamos ya! —gritó.

El automóvil se puso en marcha silenciosamente, y, como si fuera una señal, el resto de los coches encendieron los motores. El furgón mortuorio, cargado de coronas, dobló la explanada y se dirigió a la calle.

Raúl corrió hacia su Mercedes. Cuando estuvo dentro se apretó el estómago con las dos manos y gritó de dolor.

Unos minutos después, su coche estaba en la caravana que se dirigía al cementerio.

CINCO

La rata era gris, gorda y de pelaje húmedo. Se movía con rapidez, pegando el hocico al suelo, deteniéndose y marchando sin parar por uno de los rincones de un cuarto estrecho y cubierto de polvo. Las paredes de ese cuarto tenían huellas de mordeduras de rata más arriba de medio metro.

Silverio Roca estaba tumbado en una cama desvencijada con los zapatos apoyados sobre un lío de mantas y observaba a la rata con un cigarrillo prendido de sus labios. En el suelo un cenicero rojo, propaganda de una casa de bebidas, estaba lleno de cigarrillos a medio consumir.

Por una ventana situada frente a la puerta entraba un tenue rayo de sol que hacía bailar el humo y las motas de polvo. En una de las esquinas había un lavabo sucio, sin grifo y un espejo, y en la otra, una mesa de madera de pino con restos de pintura sobre la que descansaban sobrantes de comida, una vieja máquina de escribir y un periódico atrasado.

Bajo la mesa había un maletín de cuero marrón.

La rata se detuvo un instante, como si escuchara, y luego continuó su actividad. Después de recorrer el rincón del cuarto, se apoyó sobre sus patas traseras y comenzó a roer el papel de la pared.

El ruido de sus pequeños y afilados dientes era monocorde y rítmico.

De pronto la rata enmudeció. Se colocó a cuatro patas y de un salto desapareció en una grieta de la pared. Silverio Roca se levantó de la cama con un crujido de muelles, arrojó el cigarrillo al suelo, lo pisó y extrajo del bolsillo del pantalón una navaja de resortes, cuya hoja surgió con un chasquido. Se quedó atento, escuchando. Alguien arrastraba los pies por las escaleras y se acercaba a la puerta. Adelantó la navaja y sus músculos se tensaron.

Golpearon dos veces.

—¡Eh, Silverio! —dijo una voz cascada—. Soy Doroteo, ábreme.

No respondió y volvieron a golpear.

—Abre —repitió—. Estoy solo.

Apoyó la mano sin hacer ruido en el pomo de la puerta y la abrió de un tirón. La navaja trazó una curva y se detuvo a menos de cinco centímetros de la cara de un sujeto de pelo ralo y vestido con ropas descabaladas, que llevaba un paquete, envuelto en hojas de periódico, bajo el brazo. Sus ojos, grandes y blancos como fondos de yogourt, no vieron la navaja.

—¿Qué te pasa, Silverio? —preguntó. Su boca era grande y tenía grumos de saliva en la comisura de los labios—. ¿No conoces al viejo Doroteo?

—¿La traes? —preguntó a su vez Silverio Roca, cerrando la navaja y guardándola.

—Déjame pasar.

Se sentó en la cama como si la conociera de memoria. Dijo de nuevo:

—Cuando yo digo una cosa, la cumplo.

Roca tomó de encima de la cama un paquete de tabaco y un encendedor. Sacó dos cigarrillos, uno se lo dio al recién llegado y el otro se lo colocó en la boca.

Primero prendió el suyo y después acercó el encendedor a la cara del ciego. Éste movió el cigarrillo hasta que encontró la llama.

Los dos expulsaron humo casi a la vez.

—Enséñame la *manteca*, Silverio.

—¿Traes la *chata*?

Abrió el paquete. Había una escopeta Urrutia, abierta, cuyos cañones y culata habían sido aserrados. No tenía más de cuarenta centímetros.

La agitó en el aire.

—Mírala. ¿Te gusta? Está nueva, nadie la ha usado. Es una joyita.

—¿Cómo lo sabes, si eres más ciego que un gato de madera?

El otro emitió una risa profunda y más saliva se le agolpó en la boca.

—Lo sé —dijo.

—Eres muy listo, ciego Doroteo.

Tomó la recortada. La sopesó entre sus manos y probó el gatillo y el percutor acercándolo al oído. Luego la abrió y miró los cortos cañones.

—Está nueva, Silverio.

—Parece.

Movió la cabeza.

—Te conozco desde que eras un *chinorri* y siempre has sido lo mismo de desconfiado. ¿Te engañaría yo?

—¿Has traído cartuchos?

—¡Qué cosas tienes, Silverio! ¿Para qué sirve una chata si no hay cartuchos? ¿Eh? Dímelo, anda, tú que eres tan listo —hizo una pausa—. Diez, pero el precio es aparte.

Apuntó con el arma primero al armario y después al lavabo. Resultaba precisa y de poco peso. Habían hecho un buen trabajo.

—¿Cuánto?

—Enséñame la *guita* —soltó otra risa—. No creo que tengas dinero.

—Voy a cobrar ahora, Doroteo. Me deben mucho dinero.

El ciego negó con la cabeza.

—Tú no tienes suerte, Silverio. Nunca tendrás dinero —suspiró.

—Ahora voy a tenerlo, Doroteo. Te daré veinte *talegos* por ella y dos por los cartuchos.

—Treinta la *chata* y diez los cartuchos.

—Una caja de cartuchos cuesta tres billetes.

—Ve y cómprala, Silverio. Entra en una tienda y pide una cajita de cartuchos del doce. Anda.

—Veinte por todo.

—No.

—Te daré lo que quieras, pero no ahora. El dinero que tengo me hace falta.

El ciego volvió a suspirar. Exhaló humo y arrojó el cigarrillo al suelo. Lo pisó con sus viejos zapatos.

—Si no me das ahora el dinero, ¿cuándo me lo vas a dar? ¿Cuando estés muerto? Yo no creo en los espíritus, Silverio. No creo, no.

—Te daré treinta y cinco billetes, cincuenta, los que quieras. Mañana tendré mucho dinero.

Enseñó las encías en una sonrisa silenciosa.

—¿Cuánto?

—Mucho.

—¿Te guardo el maletín mientras tanto?

—Sí.

Movió la escopeta en la mano.

—Anda, dame los cartuchos.

El ciego metió la mano en los deformados bolsillos de su chaqueta y arrojó los cartuchos en la cama. Al caer, produjeron tenues chasquidos metálicos. Eran relucientes y pulidos como capullos de seda.

Roca tomó dos, abrió la escopeta y los metió en sus huecos.

—Si un hombre quiere hacer una cosa la hace. Y no sirve de nada intentar pararle, Silverio. Noto mucho odio dentro de ti. ¿Qué has estado haciendo estos años? Todavía no me lo has dicho.

—Por ahí —contestó distraídamente—. En el extranjero.

—Ten cuidado con el Chino. Ha subido mucho, pero mucho. Sí, señor.

—Traeré tu dinero, no te preocupes.

El ciego pareció pensar, observando el techo con sus ojos vacíos. Luego, bruscamente, rasgó un trozo de sábana que sobresalía de la cama, la alisó con sus manos y volvió a partir el trozo en dos pedazos. Lentamente, con parsimonia, como si contara perlas, depositó en cada trozo de sábana cuatro cartuchos. Después, ató los trapos con habilidad y formó dos paquetes.

—Son cartuchos muy buenos —murmuró—, y la chata también. Toma —dijo, tendiéndole los dos bultos.

La cazadora de Roca estaba tirada sobre la cama. La cogió y tomó de las manos del ciego las dos bolsitas. Metió cada una de ellas en los bolsillos de su cazadora y después volvió a arrojarla donde estaba.

—Mañana te dejaré aquí mismo cincuenta billetes. Te lo juro, Doroteo. Si no vengo es porque estoy criando malvas —le dio unos golpecitos en el hombro—. Pero volveré.

—Tu padre me dijo muchas veces lo mismo y siempre cumplió su palabra. Tú eres como él, Silverio, cumplirás.

Los dos se quedaron en silencio y la cama crujió por los movimientos de Doroteo. Así pasaron un buen rato, hasta que el ciego se levantó de golpe.

—Bueno —dijo con su voz cascada—. Me voy abajo. He dejado el quiosco solo.

Su mano se dirigió sin titubear hasta la puerta.

—Háblale a mi amigo, dile que vas de mi parte.

—De acuerdo. Voy a quedarme un rato. Me iré cuando oscurezca.

El ciego avanzó con seguridad por el descansillo hasta la escalera y comenzó a descender, rápidamente en la oscuridad, mientras Roca lo observaba desde arriba.

—Cuando salgas, cierra la puerta, Silverio —gritó a medio camino.

—Dentro de una hora iré a ver a tu amigo.

Bajó todas las escaleras sin apenas ruido y sin necesidad de luz. Roca estuvo escuchando el roce de sus zapatos viejos hasta que llegó a la calle. Entonces cerró la puerta y volvió a tumbarse en la cama.

SEIS

Una mañana, años atrás, Silverio Roca también estaba tumbado en una cama, mejor que aquélla, en la habitación de una pensión de la calle Barcelona, llamada Hostal Amparo. Estaba durmiendo, pero abrió los ojos cuando escuchó los tenues ruidos de unos pasos sigilosos que avanzaban por el pasillo en dirección a su puerta. Se quedó inmóvil, tenso, observando la oscuridad apenas rota por los rayos de sol que entraban por los resquicios de la ventana.

Alguien había abierto la puerta y una sombra femenina caminaba de puntillas hacia su cama. Cuando estuvo cerca, sacó rápidamente la mano de entre las sábanas, la agarró del brazo y tiró con fuerza.

La muchacha dio un grito y cayó junto a él.

—¡Me haces daño, bestia! —chilló—. ¡Suéltame!

Pataleó intentando deshacerse y cuando lo consiguió, fue hasta la ventana y con gestos nerviosos la abrió. La claridad del día entró en el cuarto.

Frunció su hermosa boca.

—Bruto.

Silverio Roca se incorporó en la cama y encendió un cigarrillo del paquete que tenía sobre la mesita de noche.

—Te está bien empleado.

—Pues me has hecho daño, Silverio.

—Te he dicho que no entres en mi cuarto sin llamar, Conchita.

—Ya son horas de levantarse.

—No tengo nada que hacer —bostezó—. Y tú, ¿qué haces? ¿No vas a esa especie de oficina?

Se encogió de hombros.

—No es una oficina, es una agencia matrimonial y hoy no voy.

—Tú sabrás.

La muchacha fue hasta la puerta que estaba entornada y la cerró. Después, se sentó en la cama cerca del hombre y cruzó las piernas.

—Hoy me he tomado el día libre.

—Muy bien, tu madre se va a alegrar. Siempre anda diciendo que nunca estás en casa.

—¿Esto es una casa?

Hizo un vago gesto con la mano, abarcando la habitación.

—Es mejor que nada. Es lo único que hay.

—No es lo único que hay. Hay muchas más cosas. Parece que mi madre no se entera. Esta mierda de pensión le parece el colmo.

Comenzó a canturrear una canción de moda en voz baja y a balancear las piernas. Dijo de pronto:

—¿Tienes trabajo, Silverio?

—No. ¿Te ha dicho tu madre que me lo preguntes?

—¡Qué va! —exclamó rápidamente—. Es que nunca te veo y me gusta hablar contigo. Me gusta que me cuentes cosas. ¿Es verdad que una vez en Barcelona sacaste cinco kilos de una vez?

—Quién te ha dicho eso?

—Mi madre.

—No, nunca he sacado tanto. Tu madre habla demasiado.

—Cinco kilos de entonces ya sería dinero, ¿eh, Silverio?

—¿De entonces? ¿Pero es que crees que soy tu abuelo?

Soltó una carcajada.

—Estás más guapo ahora que cuando joven. Los niñatos no me gustan. Me gustan los viejos como tú.

—Los viejos como yo sólo traen problemas. Ahora

querida señorita, márchate o me levanto y te sacudo una paliza.

Echó la cabeza hacia atrás y de su boca abierta salió una límpida risa. Cuando volvió a mirar al hombre, sus ojos brillaban.

—No lo harás, estás desnudo. Siempre duermes sin ropa... —hizo una pausa—. Yo también.

—Fuera. Si cuento hasta tres y sigues aquí, te desfiguro la cara. Vamos...

La chica se levantó.

—No quiero verte desnudo —exclamó y le dio la espalda. Caminó hasta la puerta, la abrió y se volvió—. Abajo tienes a un amigo que te espera. Lleva ya casi una hora.

—¿Quién? —preguntó.

Se volvió a encoger de hombros.

—Dice que tú lo conoces como el Chino Vidal, pero se llama Miguel.

Negó con la cabeza y le dio la última calada al cigarrillo.

—No lo conozco, pero dile que ahora voy.

Cerró la puerta, y él sintió sus ágiles pasos, escaleras abajo.

Una mujer entrada en carnes, con el pelo tintado de rojo, movía una enorme olla con una cuchara de madera. El vapor de la comida le llenaba de puntitos luminosos la cara que era lo único que conservaba de una antigua, y ya casi olvidada, belleza.

Estaba en una cocina amplia y oscura cuyas paredes tenían azulejos que representaban escenas de caza. Vestía una descolorida bata azul atada con una cinta.

Roca se situó a su lado con las manos en los bolsillos.

—Eso huele bien. ¿Son callos? —preguntó y, sin esperar respuesta, continuó—: ¿Sabes quién me está esperando?

—No. Es un tío con mala pinta, parece japonés. Ha dicho que es amigo tuyo. ¿Pasa algo?

—Nada. ¿Tu Conchi lo conoce?

Se encogió de hombros de la misma forma que hacía su hija.

—Me parece que sí. Ésa conoce a todo lo que lleve pantalones.

—Ha crecido mucho la Conchi.

—Se ha hecho una mujer y aquí no aprende nada bueno. Éste no es un barrio para ella.

—Se acostumbrará. Todo el mundo ha nacido en un barrio. ¿Hay callos para comer?

La mujer asintió en silencio. La actitud de su rostro era la de que pensaba en otra cosa muy lejana.

—Bien, voy a ver qué quiere ése.

—Silverio —lo detuvo cogiéndole del brazo—, me gustaría hablarte de la niña. Si te quedas a comer, me gustaría que hablásemos —volvió a dar vueltas a la cuchara.

—Ya es tarde para que vuelvas con el rollo de que la Conchi es mi hija. Hace años que quedó claro.

Hizo un gesto de desagrado con la boca.

—No, hombre, no es eso. Claro que no es tu hija. Es de otra cosa de lo que quiero hablarte. ¿Te quedarás a comer?

—Sí, Amparo, de acuerdo.

—Pues entonces, luego, después de comer, ¿eh?

—Bien.

El hombre estaba en el sofá de eskay rojo del vestíbulo. Era un sujeto de edad madura, con el pelo negro y rizado, la cara abultada y los ojos rasgados como un oriental. Vestía una camisa blanca sin corbata y un traje oscuro muy ceñido. Su apariencia era la de un animal duro y peligroso.

Cuando Roca entró, los ojos del hombre se clavaron en él como si lo taladrasen. Detrás, apoyado en el respaldo del sofá, tenía un bastón negro con la empuñadura de plata.

Conchita no paraba de reírse sentada en una silla frente a él.

—¿Me buscabas? —preguntó Roca.

El hombre se levantó del sofá.

—¡*Caballista!* —exclamó—. ¿No te acuerdas de mí? Soy Vidal, el Chino.

Roca no movió un solo músculo de la cara.

—¿No me digas que no te acuerdas de Miguelito Vidal, el de la Cantina? —se miró la pierna y frunció la boca Le hizo un guiño a Conchi.

La chica volvió a reírse.

—Vete a ayudar a tu madre, Conchi —dijo Roca.

La muchacha con los ojos bañados en lágrimas y contoneándose, se dirigió a la cocina. Antes de entrar, dijo:

—Adiós, Miguel y a ver si cumples tu palabra.

—Claro, nena. No te preocupes —se dirigió a Roca—. Te veo bien, *Caballista,* eres el mismo de siempre. Cuando el Peón me dijo que podría encontrarte en casa de Amparo, se me vino una lucecita a la cabeza. Me dije que yo tenía que ver al Caballista.

—No me gustan los acertijos. Así que acaba de una vez. ¿Qué es lo que quieres?

—¿No quieres sentarte, *Caballista*?

—No me gusta que me llamen *Caballista.* Ya no estamos en la Tercera Galería —permaneció de pie.

—¿Entonces te acuerdas de mí?

—Sí.

—Claro, hombre, soy el Miguelito, el Chino. Me alegro mucho volver a verte, colega, de verdad. Por un momento pensé que ya no te acordabas de los amigos de la Tercera.

—Yo no he tenido amigos en la Tercera y además no me me gusta recordar eso.

—¡Qué jodío el *Caballista*!

—No me llames *Caballista* —insistió—. Con Silverio es suficiente.

—Bueno, no te pongas así. Queremos proponerte

un trabajo *debute* —lo miró a los ojos—. Me han dicho que estás con la mala, hace tiempo que no se sabe mucho de ti —recorrió el vestíbulo con la mirada—. Y por lo que veo, es verdad.

—¿El Peón y tú queréis proponerme un trabajo? ¿Qué clase de trabajo?

—No, el Peón, no. Ése es un soplagaitas. Tú y yo y unos amigos. Te invito a café.

Tomó el bastón y cojeando ligeramente se dirigió a la puerta. Roca le siguió.

El sol de la mañana había secado el agua que los comerciantes arrojaban en el Callejón de Cádiz para limpiarlo y para que se estuviese fresco. Se oía el tráfico en Carretas y a esa hora los vagos, las putas más baratas y los desocupados, comenzaban ya a visitar los bares.

—¿Te acuerdas de aquellos tiempos? —dijo de pronto el llamado Chino.

—Eso nunca se olvida.

—Sí, hombre, tienes razón. Eso no se olvida. Me acuerdo mucho de Peláez, de Redondo, del Moro...

—Si sigues con los recuerdos no vamos a ningún sitio. Éramos casi quinientos en la Tercera.

—Te tienes que acordar del Moro, hombre. Hasta los boqueras le llamaban el Moro. Estuvo contigo.

—¿Qué pasa con él?

—Nada, que me acuerdo —enseñó los dientes en una sonrisa que le ocupaba toda la cara—. Estás igual, Silverio. Igualito. ¿Sigues siendo conductor?

—Es mi oficio.

Se quedó pensativo.

—Sí y fuiste muy bueno.

—Ningún joven me gana en mi profesión. Lo que yo sé, no se pierde con los años.

—Me alegro, Silverio.

Empuñó el bastón y lo tomó del hombro. Roca se soltó de un tirón.

—¿Adónde vamos?

—Ahí mismo, al Sol y Sombra —señaló el bar—. Es de un amigo nuestro.

El bar estaba abierto. El dueño, un sujeto de tez pálida y muy delgado, limpiaba champiñones ayudado por un chiquillo desnutrido de no más de doce años.

El Chino lo saludó a voces, levantando el bastón.

—¡Qué pasa, Eduardo, macho! —gritó.

—Chino —contestó el tipo—. ¿Qué te trae por aquí? —luego se fijó en Roca—: ¿Qué tal, Silverio? ¿Qué os pongo?

—Café —contestó Roca.

—Bueno, hombre, tiempo sin vernos, ¿eh? ¡Qué jodío el Eduardo! —exclamó—. ¿Es éste tu chaval?

—Sí. ¿Dónde te llevo el café, Silverio?

—A aquel rincón —señaló el fondo.

—¿Tú quieres algo, Chino?

—Tráeme otro y coñac. ¿Quieres coñac, Silverio?

—Sí —dijo secamente y caminó hasta el rincón y se sentó en una silla.

Había cinco mesas, olía a zotal y se estaba verdaderamente tranquilo allí. Encendió un cigarrillo y el Chino se sentó a su lado sin dejar de observarlo.

—Tanto tiempo llamándote Caballista, que no me acostumbro a llamarte Silverio. Hay que ver.

—Está bien. Ahora dime qué es lo que quieres.

—Te va a gustar, ya verás —se pasó una mano peluda por su abultada cara—. Nos hace falta alguien como tú. Un tío bueno con los coches y sin miedo.

Fue a contestar pero cerró la boca cuando vio al dueño acudir con los cafés y el coñac. Lo dejó todo encima de la mesa.

—Regalo de la casa —dijo, dirigiéndose a Roca—. Amparito me dijo que habías vuelto. Me alegro.

—Hace unos días, Eduardo.

—Ya está uno viejo, ¿verdad? Nos vamos convirtiendo en trastos que ya no sirven para nada.

—No estamos viejos —contestó Roca—. Yo por lo menos, no.

Le palmeó la espalda.

—Está bien que vuelvas a tu barrio —señaló los cafés y el coñac—. Tomaros esto a mi salud.

—¡Hombre, gracias, Eduardo! —exclamó el Chino—. ¡Qué majo eres!

Roca echó azúcar en su café, lo removió y se lo bebió a tragos. El otro hizo lo mismo.

—Tengo algo bueno para ti —continuó con la taza levantada—. Hecho a tu medida.

—¿De qué se trata?

—Un transporte al extranjero.

—No trabajo con gente que no conozco.

—No se trata de un trabajo corriente —sus ojos oscuros se clavaron en Roca—. Y no tienes mucho que elegir. Ha llegado hasta mis oídos lo último que hiciste, Silverio. Estás con la mala y debes hasta la pensión. Tú en una pensión de mala muerte. Quién te ha visto y quién te ve, Silverio.

—Deja la cháchara. ¿Qué has querido decir con eso de que no es un trabajo corriente?

—Así me gusta, Silverio —le palmeó la rodilla—. No es corriente porque no hay riesgos. Sólo tienes que llevar un coche y sanseacabó. Te lo contaré todo cuando aceptes.

—¿Qué me llevo yo?

—Más de medio kilo y limpio. Cien a cuenta si te quedas con él.

—¿Qué transportaré?

Sonrió antes de responder.

—Eso no te importa Y ahora, escucha con atención, el coche está preparado. Tengo el plan aquí —se golpeó la frente con la mano—. Hay que salir mañana. El conductor que teníamos se ha puesto enfermo. ¿Qué dices?

—De acuerdo, habla —dijo Roca.

SIETE

Silverio Roca dejó el cuchillo en el plato y encendió un cigarrillo. El locutor de la televisión estaba diciendo algo acerca de las sentencias a unos golpistas y el único comensal, un muchacho con el pelo corto y la cara llena de barrillos, dejó de comer para escucharlo.

El comedor estaba en la planta baja al lado de la cocina, y tenía cabida para siete mesas redondas con sillas que habían sido de distintas mesas y de tiempos diferentes. Dos balcones cerrados y cubiertos por visillos, impedían que entraran los ruidos producidos por las máquinas eléctricas de discos y las voces de los borrachos en el Callejón de Cádiz.

Se retrepó en la silla y arrojó el humo al techo en pequeñas volutas. Estaba sin blanca y el Chino lo sabía. Y, lo que era peor aún, sin posibilidad de conseguirla de forma inmediata. No es que no supiera cómo obtenerla, sólo que este año había sido especialmente malo y él se limitaba a uno o dos buenos golpes anuales y nada más.

Ocho meses atrás había sido el conductor en un asalto a un Banco en Talavera de la Reina junto al Mago y a un sujeto llamado el Bujías. El pequeño Banco tenía alarmas ocultas y, probablemente, empezaron a sonar en cuanto el Bujías y el Mago irrumpieron en el local con las recortadas y las medias sobre la cabeza. De modo que a pesar de que en menos de diez minutos arramblaron con lo que había en los mostradores para los cobros inmediatos, la policía casi les pisó los talones.

Agujerearon el coche y los estuvieron siguiendo durante media hora pero pudieron despistarlos, dejar ese coche y coger el de repuesto. No pararon hasta llegar a Sevilla.

El botín fue de cuatrocientas mil pesetas, muy poco jornal para un trabajo con tantos riesgos. Él se quedó con ochenta billetes y el resto se repartió entre el Mago y el Bujías. Con ese dinero no pudieron aguantar mucho tiempo, de modo que al mes se separaron. El Bujías y el Mago volvieron a Madrid y Silverio Roca se quedó en Sevilla haciendo el turno de noche en el taxi de un amigo.

Pasó el invierno en Sevilla y en primavera volvió a Madrid. Se enteró que al Bujías lo había trincado la policía por un asunto de drogas y que al Mago lo apuñalaron en un Club de la Ballesta llamado Marfil. Le encontraron sentado tras una mesa, con los ojos cerrados y muy derecho. Parecía dormir, pero cuando lo movieron se dieron cuenta que estaba muerto de una cuchillada certera en el corazón.

Empezó a recorrer los lugares donde estaban sus amigos y conocidos ofreciéndose como conductor, pero ya no había necesidad de él. Estaba tocado, viejo y con la mala suerte encima. Ahora el negocio estaba en las drogas. Los asaltos a bancos eran asuntos para no profesionales que lo hacían de forma chapucera y por la vía rápida. De modo que cada vez se necesitaban menos conductores.

Hizo un par de viajes a Alicante para un camello independiente, transportando cocaína disimulada en los asientos de un taxi. Pero aquello, además de ser esporádico y no demasiado bien pagado, resultaba peligroso. Con los de la droga nunca se sabe quién es chivato de la policía y quién no.

Pero no se dejó amilanar. Sabía que si alguna banda necesitaba un conductor para un atraco, él era el mejor y aguardó en la pensión de Amparo a que le llamasen.

Y así llevaba veinte días aguardando y nadie había acudido aún a buscarlo, excepto el Chino.

Aplastó el cigarrillo en el plato de callos a medio terminar y se limpió la boca con cuidado con la servilleta. Lo que le había propuesto el Chino parecía interesante y fácil. Quizá demasiado fácil. Después de que le hubo explicado cómo debería llevar el dinero, se reunieron con otro sujeto, un tipo gordezuelo de formas amaneradas, que le había entregado cien mil pesetas a cuenta. A cambio, no debería saber nada del asunto, sólo llevar un coche cargado más allá de la frontera.

Tendría que salir el otro día por la mañana. El Chino le esperaría con el coche y las últimas instrucciones en un aparcamiento subterráneo. Nunca había hecho algo que costara tan poco esfuerzo y estuviera tan bien pagado. Pero volvería a tener dinero y eso le daba una seguridad que le hacía olvidar cualquier otra consideración.

Amparo entró en el comedor con un plátano y se lo entregó al muchacho de la cara picada de viruela. Le hizo una seña a Roca con la mano y él asintió. Al poco rato regresó con una botella de coñac Magno y dos copas y se sentó a su lado.

—¿No te han gustado los callos?

—Sí. ¿Qué es lo que querías decirme de la niña?

—Antes vamos a tomarnos un poquito de coñac. El pelo rojo se le había soltado del moño. Se lo apartó de un manotazo y vertió licor en las dos copas. El muchacho terminó de comer, dio las buenas tardes y se marchó. Amparo le ofreció a Roca una de las copas y se bebió la suya de golpe.

—¿Sabes cuánto me debes?

—No, dilo tú.

—De esta vez no mucho, quince mil, pero si contamos lo que me has dejado a deber otras veces, la cuenta sube a cuarenta billetes —volvió a servirse más coñac y volvió a bebérselo de golpe. Chascó la lengua—. Y esto no es la catequesis. ¿Comprendes lo que te quiero decir?

—Me voy mañana mismo. Y tengo dinero, te lo pagaré todo.

Sacó el fajo de billetes y los ojos de Amparo se clavaron en ellos. Separó cincuenta y cinco y se los colocó frente a ella. No hizo ningún movimiento.

—¿Has vuelto a trabajar?

—Ya te lo he dicho. Coge eso.

Chascó la lengua otra vez, alargó la mano hacia los billetes y se los guardó en uno de los bolsillos de la bata. En la televisión, el locutor seguía explicando las vicisitudes del juicio a los militares golpistas. Su voz atronaba el comedor vacío.

—Empieza de una vez, Amparo.

—Mira, Silverio, te propongo un trato. Ya no somos chavales tú y yo. No tienes edad para andar por ahí haciendo el tonto con un coche, el día menos pensado te crujen a tiros. Y ¿qué es lo que tienes? Nada, no tienes un sitio donde caerte muerto, ni capital ahorrado. No tienes nada de nada. Así te puedes tirar toda la vida. ¿Por qué no piensas un poco?

Volvió a escanciarse coñac en la copa. Amparo nunca había hablado tanto, ni tan seguido. Cuando se hubo tragado el coñac, carraspeó y continuó:

—He visto un localito muy guapo en la calle de la Luna, es una carbonería y me la traspasarían por nada. Allí se podría montar un barcito de esos modernos o un pub. ¿Me comprendes? Tengo dinerillo ahorrado, no mucho, pero suficiente para empezar. Quiero que os encarguéis de llevarlo tú y mi niña, los dos. ¿Qué te parece?

Roca negó con la cabeza.

—Gracias por proponérmelo, pero soy demasiado viejo para ponerme a despachar bebidas. No.

—Es que no es eso sólo, Silverio.

—¿Hay más?

—Sí, estoy preocupada con la Conchi. Esta chica es una cabeza loca...

—¿Qué tengo yo que ver?

—Nada, pero esta chica mía se ha hecho una mujer, ya la has visto, y no para en casa, parece que tiene fuego en el culo. Lleva una temporada que viene a dormir cuando quiere y no puedo decirle nada. La tía se ríe de mí, y tengo miedo, Silverio. Mi niña es mucha mujer, tiene mucho temperamento y a saber con quién anda. ¿Me sigues? Nunca me ha gustado ese trabajo que tiene en esa agencia matrimonial de la calle Valverde.

—No sé de qué vas, pero continúa.

—Eso, que no sé qué hace mi niña en ese trabajo. Fíjate tú si se la está camelando un mandria o un piernas de esos que hay por ahí. ¿Qué? ¿Qué me dices? Pues nada, que mc tengo que aguantar... Mira, Silverio, mi niña se me va a ir de casa, eso lo huelo, que para eso hice yo lo mismo. ¡Si no lo sabré yo! Mi Conchi se las pira, se va de *naja*... y no quiero que se me vaya. Yo todo esto lo hago por ella, me mato a currar como una negra por ella, sólo por ella. Y no voy a dejar que se me vaya.

Se bebió de golpe otra copa de coñac. Se vertió más y siguió hablando con la mirada fija en la botella.

—No, espérate. No me digas nada, Silverio. Que sé lo que vas a decirme... estoy segura de lo que me digo. Mi Conchi se me va. La llaman por teléfono todos los días... además, a mí no me hace falta escucharla en el teléfono. Yo lo sé, lo huelo.

—Espera un momento. ¿En qué quedamos, la Conchi es hija mía o no? A ver, explícate. Porque si no es mi hija, yo no tengo por qué meterme.

—No es tu hija, Silverio, por esto te propongo este trato... Camélatela, Silverio. Tú le gustas a ella, yo me doy cuenta, que una no es tonta. Quédate con ella, lígatela; tú eres un hombre formal y serio, yo te conozco. Un hombre como tú es lo que le hace falta a mi niña, ella está loca por ti. Quítate de la cabeza que es tu hija, Silverio.

Los dos bebieron la copa casi al unísono. La mujer volvió a escanciarlas, y siguió:

—Te perdono todo lo que me debes... y si quieres te quedas aquí sin pagar nada, pero cuídamela, Silverio. Tú ya no puedes ser su padre, las cosas ya están de otra manera. Tú ya tienes que ser su novio, Silverio, y yo sé que tú no harías sufrir a mi Conchi... mi Conchi es muy buena, lo que pasa es que... ya ves... se ha criado en la calle. Tú me la puedes cuidar, eres de confianza y haces como si yo no te hubiera dicho nada. Si no quieres lo del bar, vale, pero lígatela. Tú puedes hacer que se quede aquí conmigo, que si no, se me va.

La mujer le apretó el brazo con fuerza. Sus ojos eran suplicantes.

—¿Estás segura de no estar loca, Amparo? Creo que te has vuelto loca.

—Silverio, yo no voy a durar mucho.

—Déjate de tonterías. Estás como una manzana.

—Os arreglaré un cuarto arriba —las lágrimas afluyeron a sus ojos en silencio y bajaron por las mejillas llenas de arrugas. Se las enjugó con las manos. Roca le palmeó el brazo—. Tú siempre le has gustado a mi Conchi, Silverio.

Roca descorrió la silla. La mujer alzó la cabeza, alarmada.

—¿Dónde vas, Silverio? ¿No quieres más coñac?

—Tengo que hacer. Mañana tengo que salir de viaje.

—¿Entonces?

—¿Qué tengo yo que ver con que la niña sea una cabeza loca?

—Si no te gusta lo del bar, Silverio, te quedas con la pensión. Así podrás dejar de dar tumbos por ahí. Mi niña y tú podéis levantar esto.

—Me gusta dar tumbos.

—Ya estás viejo —bajó la cabeza—. Los dos ya estamos viejos.

—A los viejos también les puede gustar dar tumbos, Amparo.

—Eso no le gusta a nadie. Se hace por necesidad.

—No me veo de tabernero.

—¿No te gusta la Conchi, Silverio? Tú no la has visto. Es mejor que yo cuando joven. ¿Te acuerdas cómo era yo, Silverio?

—Estás loca.

—Nunca me has hecho un favor y yo a ti te he hecho muchos. Quédate con nosotras, aquí hace falta un hombre.

La mujer ya no impedía que las lágrimas le corriesen mejillas abajo. Veinte años atrás había sido una mujer hermosa y llena de vida y ahora era una vieja temblorosa. Estaba acabada, vencida y lo sabía.

Silverio Roca rodeó la mesa y salió del comedor.

OCHO

Amparo entró sin llamar en la habitación y encontró a Roca tumbado en la cama, bebiendo de un vaso rojo de plástico. En el suelo, al alcance de la mano, tenía una caja de cervezas Mahou y una botella de ginebra Larios. A la caja de cerveza le faltaban tres botellas que estaban colocadas sobre la mesita de noche al lado del tabaco.

—¿Te vas? —preguntó desde la puerta. Llevaba un lío de ropa en la mano y la misma bata descolorida de color azul que Roca le había visto siempre.

Bebió un trago del vaso rojo antes de responder.

—Sí —dijo.

—¿Vas a cenar?

—No.

Cerró la puerta con suavidad y permaneció de pie, sin moverse. La luz del techo le formó sombras en el cuello y bajo la nariz.

—¿Cuándo volverás?

—No lo sé.

Roca dejó el vaso sobre la mesita de noche y recogió las piernas hasta apoyarse en la cabecera de la cama. Le hizo un gesto a Amparo con la mano y ésta se acercó despacio. Se sentó en el borde de la cama y se alisó la bata sobre las rodillas. Miró al hombre con ojos que parecían los de un perro de caza.

—Amparo, no se le puede decir nada a una chica como Conchita, sería peor. ¿Te das cuenta? Si empezamos a decirle lo que tiene que hacer es muy probable que haga lo contrario.

—Sí —asintió—, puede que sí.

—A esa edad las chicas hacen tonterías. Todas las chicas. Yo creo que te preocupas demasiado.

—No, Silverio, no... pero es igual, ya no tiene remedio, lo sé. Siempre he querido lo mejor para mi niña, tú lo sabes. Si no, ¿de qué me he tirado veinte años lavando mierda en esta pensión? Por ella, Silverio, para que no se fuera por ahí, para que estudiara y fuera una señorita. Que se hiciera maestra o doctora. ¡Qué sé yo! Y mira dónde está. Con ese tío que puede ser su padre y trabajando en una agencia matrimonial de mierda. Para eso me he matado yo de trabajar. Para eso.

—No ha sido culpa tuya, Amparo.

—Es este barrio y luego no tener un padre. Desde que cumplió doce años, los tíos la han mirado queriéndosela comer. Dame un poquito de cerveza, anda.

Abrió una botella de cerveza y se la tendió. Bebió ávidamente, haciendo ruido al tragar.

—¿Quieres ginebra?

—No, eso para ti. La ginebra con cerveza está malísima, no sé cómo puedes aguantarla.

—Me gusta. Sabe como a metal.

—¿Te ocurre algo?

—No.

—¿Por qué bebes tanto? Eso no es bueno para conducir. A ti te ocurre algo. ¿Es el trabajo? ¿Qué te pasa?

—No sé —hizo una pausa, tomó el vaso de plástico y lo apuró. Se limpió la boca con el dorso de la mano—. ¿Hace mucho que la niña conoce al Chino?

—¿Y quién sabe eso? Viene a buscarla en coche desde hace unos meses y se la lleva por ahí. Un hombre que puede ser su padre. ¿Es amigo tuyo, Silverio?

—El Chino no es amigo de nadie. En la cárcel se encargaba de la cantina, por eso lo conozco.

—No sé lo que ha podido ver mi niña en ese tío —volvió a beber haciendo ruido—. Con la cara tan rara que tiene. En fin, qué se le va a hacer. Lo que tenga que pasar, pasará. Es lo que tenemos que hacer los pobres —terminó la botella y la colocó en la caja.

Silverio Roca se quedó pensativo. Su mirada se perdió tras la figura de la mujer sentada muy derecha en la cama.

—¿Volverás? —le preguntó Amparo.

Negó con la cabeza.

—Ésta es tu casa, Silverio. Yo estoy enferma y en seguida me voy a ir al otro barrio.

—Tonterías.

—No son tonterías. Mi niña se quedará sola y con lo loca que es, no sé qué será de ella. Tú eres lo único que tenemos. En esta casa hace falta un hombre —repitió.

—Ya sabes cómo pienso, Amparo, así que no te hagas mala sangre. Soy demasiado viejo para cambiar. Ya te lo he dicho antes.

—Alguna vez hay que parar. Ya no puedes trabajar como antes. Echa el ancla aquí.

—No empieces otra vez.

—Te conozco y por eso me callaré —suspiró—. Si llego a tener treinta años menos, te quedarías. Ahora no haría lo que te hice entonces, Silverio. Se tarda en aprender, pero se aprende, aunque ya sea tarde. Nos hemos hecho viejos como imbéciles.

—Todavía no somos viejos. Podemos movernos, ir de un lado a otro, trabajar. Uno no está viejo cuando puede trabajar, ganarse el pan que come.

—Déjate de tonterías, Silverio, que siempre has sido un pico de oro. Estamos viejos y sanseacabó. Bueno, yo estoy más vieja que tú, porque tú estás mejor. No has engordado como todos los hombres. No sé qué os pasa a los tíos que os ponéis a engordar como cerdos en cuanto llegáis a viejos.

Roca tomó la botella de ginebra y volcó un chorro en el vaso de plástico.

—Bueno, mañana en camino. Para que todo salga bien —alzó el vaso.

—No tengo cerveza.

Roca cogió otra botella de la caja, la abrió y se la tendió a la mujer.

—Brindemos otra vez. ¡Para que salga bien!

Los dos bebieron.

—Qué rica está la cerveza, pero me tengo que ir. Si no, mañana me caigo de sueño.

Los muelles crujieron cuando la mujer se levantó. Sonrió tenuemente y mostró la botella mediada.

—¿Me das otra? Me la beberé tranquilamente en mi cuarto.

Roca se la dio sin abrir. Ella la cogió y se la colocó entre el brazo y el pecho. Caminó hasta la puerta y se volvió con el picaporte en la mano.

—Suerte —dijo y abrió—. Que tengas suerte, Silverio.

El ruido de la puerta al cerrarse dejó la habitación en silencio. Estuvo escuchando los pasos de Amparo subir trabajosamente la escalera hasta perderse.

Bebió lo que tenía en el vaso y salió de su cuarto sin apagar la luz. Recorrió el pasillo en penumbra y subió las escaleras hasta llegar al último piso, lo que antes había sido la buhardilla.

La puerta de la habitación de Conchita estaba pintada de rojo y se oía la música de una radio desde su interior. Se detuvo unos instantes antes de golpear la puerta. Después llamó con fuerza. La voz de Conchita le contestó en seguida.

—¿Quién? —gritó.

—Yo —respondió el hombre—. Soy yo, Silverio.

—Pasa —volvió a gritar.

La habitación olía a perfume y estaba a oscuras menos un cono de luz que surgía de un flexo plateado, colocado sobre una mesa camilla con faldones morados. La chica estaba sentada en ropa interior de color negro con un espejo en una mano y unas pinzas de depilar en la otra. La luz le bañaba por completo y su carne morena refulgía como si fuera fosforescente.

—¿Qué te ocurre, Silverio?

—Quiero hablar contigo —ella se levantó de la

silla, caminó de espaldas hasta la cama y se colocó una bata que estaba tirada sobre ella. Roca se dio cuenta que tenía los pechos grandes, demasiado grandes para su edad.

—¿Estoy bien ahora? —dijo, con un tono divertido en la voz—. ¿Nunca has visto a una mujer en bragas?

Volvió a sentarse junto a la mesa, tomó el espejo y las pinzas y comenzó a darse suaves tirones en las cejas. Roca fue hasta la cama y se sentó. Había un oscuro armario en uno de los rincones, un tocador blanco de madera lacada lleno de frascos y un espejo. En las paredes blancas pudo distinguir varios posters de artistas de cine y cantantes. Las vigas del techo eran de madera y el cuarto no tenía ventanas. La radio era un pequeño transistor que estaba colocado sobre la cómoda.

—¿Qué te pasa? —preguntó de nuevo la chica—. ¿Te ha comido la lengua el gato?

—¿Has sido tú la que le has dado la idea al Chino?

—¿Al Chino? ¿Qué le he dicho yo a Miguel? Explícate, hijo. No te entiendo.

—Es muy fácil, Conchi. Te pregunto si ha partido de ti la idea de que yo hiciera el trabajo.

—Hombre... —titubeó—. No sé por qué me preguntas eso, se me ocurrió decirle que estabas sin curro y como eres conductor, un manitas con el volante... De todas formas, él ya te conocía... Me estuvo contando muchas cosas graciosas de cuando estabais en la Tercera Galería. Te aprecia mucho, me dijo que eras un tío muy bueno.

—La idea fue tuya o de él —insistió.

—Hijo, no puedo decírtelo. No me acuerdo, me estaba contando no sé qué de un negocio que no se podía hacer porque un amigo suyo estaba malo. Un negocio muy importante de muchos millones y yo entonces le dije que tú estabas aquí, sin trabajo, y que eras un buen conductor. Me dijo que a lo mejor venía a verte. A mí se me olvidó y hoy, pues, ha venido a verte. ¿Se ha acostado mi madre?

—Sí —respondió Roca—. ¿Sabes lo que se transporta? —la chica levantó los hombros y continuó depilándose las cejas—. De modo que el Chino va contándole a todo el mundo a lo que se dedica. Qué imbécil —habló para sí mismo—. Debí figurármelo.

Conchi dejó el espejo sobre la mesa, donde había también un montón de revistas.

—Venga, hombre. Qué va a ir contándolo por ahí.

—Pero tú lo sabes.

—Los hombres le hablan a la mujer con la que están. Eso es normal, les gusta. Y no quiere decir que por eso vayan largando por ahí sus asuntos. Miguel es muy discreto, sólo me lo cuenta a mí. Me va a llevar esta noche a cenar a un restaurante de cinco tenedores, para celebrarlo. Me lo ha prometido. ¿Qué te parece? ¿Por qué preguntas tanto?

Roca miraba a la chica sin verla, recordando todos aquellos años en que él era joven y tenía dinero y ni siquiera ella había nacido y Amparo trabajaba en el coro del Casablanca y decía que quería ser cantante. Entonces él fumaba tabaco rubio, se vestía a medida y gastaba tanto dinero en extravagancias que nunca le pasó por la cabeza que el dinero, la juventud y la suerte, se acabarían algún día.

—Por nada —respondió.

—¿Vas a dejarlo? —Roca arrojó el cigarrillo al suelo a medio consumir y lo aplastó con el zapato—. ¿Qué estás pensando? ¿Es que no te gusta lo que te ha ofrecido Miguel? Me parece que es un trabajo fácil y que vas a ganar mucha pasta. No creo que haya muchos trabajos de medio kilo, Silverio. Pero si lo quieres dejar, dímelo y se lo digo a Miguel. Ya encontrará otro conductor, en Madrid hay muchos.

—En eso tienes razón, en Madrid hay muchos conductores.

—Y lo harían por la mitad de dinero. Por menos, Miguel encontraría conductores a patadas, tiene muchas amistades. Anda, deja de pensar tonterías y gánate ese dinero. Sólo tienes que llevar un coche al otro lado de la frontera. Para ti eso no es nada.

—¿Quién es ese amigo del Chino que me ha dado el adelanto?

—¿Cuál?

—El alto y gordo que huele tan bien. Esta mañana hemos estado con él. Parecía el jefe.

—No sé, lo he visto dos o tres veces. Miguel tiene negocios con él. Es un tío rico, trabaja en un Banco. Es uno de los directores o algo así.

—¿Qué Banco?

—Pregúntaselo mañana a Miguel. ¿No vas a verlo?

—Sí.

—Oye —la chica adelantó la cara—. ¿Estoy así mejor? ¿Cómo te gustan las cejas, así o me las depilo más? ¿Eh? Di, ¿cómo te gustan?

Roca se levantó de la cama. El cuello de la muchacha era largo y sus ojos chispeaban por la luz. Las cejas se habían convertido en líneas curvas apenas marcadas.

Le colocó la mano en el hombro y después la pellizcó en la mejilla.

—Has crecido mucho —dijo de pronto—. Ya eres una mujer.

—¿Ahora te das cuenta? Pues sí que tienes vista.

—Te pareces a tu madre.

—Venga ya, no fastidies. De joven mi madre era fondona, gorda, como gustaban entonces. Yo no estoy gorda.

Se levantó la bata hasta más arriba de la rodilla y elevó la pierna. Era torneada, de tobillos estrechos.

—No lo creas, tu madre era muy guapa.

—Somos diferentes. Yo soy más delgada —repitió—. De otro estilo. Además, soy más lista. Mi madre es tonta.

—¿Ah, sí?

Asintió con la cabeza.

—Es una pesada.

—¿Es verdad eso de que está enferma?

—Bueno, el año pasado estuvo en el hospital y le volvieron a andar en la matriz. Ya sabes, como hace unos... unos cinco o seis años. Como siempre se está quejando, una nunca sabe si dice la verdad.

—No sabía lo del año pasado.

—Normal, estás aquí tan poco... Vienes cuando estás seco y cuando tienes pasta te abres. No me extraña. A mi madre la puedes engañar lo que quieras, pero a mí, no. Nunca te hemos importado, ¿verdad, Silverio? ¿A que sí? No es que estuvieses ocupado, es que no te daba la gana venir —soltó una risa. Sus ojos brillaban, tenía la luz en el rostro—. Había veces que me tiraba tardes enteras en la puerta de la pensión mirando la calle y esperándote, pero nunca llegabas, tardabas meses en volver. Una vez estuviste un año entero sin venir y cuando volviste ni me miraste. No ya traerme un regalo, una muñeca, algo. No, ni siquiera me hiciste caso —volvió a sonreír—. Ahora ya sólo puedes engañar a mi madre. He aprendido a no fiarme de lo que dicen los hombres. Bueno, dime de una vez si te gustan más así las cejas. ¿Qué tal?

—Las cejas están muy bien.

Le dio unas palmaditas en la espalda y salió del cuarto. Antes de llegar al comienzo de los escalones, escuchó la voz de Conchita, cantando junto a la música que provenía del pequeño transistor.

NUEVE

Roca escuchó otra vez a la rata roer el papel de la pared. Eran las siete de la tarde y por la ventana atrancada no entraba ni un rayo de claridad. La oscuridad era casi total. Sólo el ascua de su cigarrillo trazaba una curva desde su boca hasta el pecho y encendía, durante segundos, las arrugas de su cara y su pelo blanco.

Según le había contado el ciego Doroteo, Amparo había muerto de cáncer seis meses atrás mientras él se pudría en Carabanchel y ahora Conchita también estaba muerta. Ya no quedaba nadie de lo que él podía considerar como su familia.

No podía relacionar a Conchita niña, con sandalias y trenzas, que acudía corriendo cuando él aparcaba el coche en la calle, con aquella mujer muerta en su elegante apartamento. La niña de las trenzas había desaparecido junto con su madre hacía mucho tiempo y la mujer del apartamento no era nadie. Era una prostituta cualquiera, joven, ambiciosa y sin escrúpulos, de las muchas que pululaban en Madrid. Sin embargo, su cabeza no podía pararse, pensaba y pensaba en ella y entonces un odio sordo y palpable le invadía entero. Tenía que matar al Chino con sus propias manos, ahorcarlo con sus tripas, ver cómo sus ojos se le salían de las órbitas.

Pensar aquello le relajaba momentáneamente. Era como el sopor después de una borrachera sin vómito, una borrachera seca y fría.

Se levantó y a tientas desanudó los paquetes que el ciego Doroteo había hecho con los cartuchos y se llenó los bolsillos con ellos. Tomó la recortada y la guardó en una bolsa de plástico.

La rata estaba inmóvil, agazapada en el rincón y sus ojos refulgían como puntas de cerillas encendidas. Abrió y cerró la puerta sin ruido y la rata continuó en la misma posición. Descendió los oscuros escalones agarrándose al pasamanos. Saludó al ciego Doroteo que escuchaba el transistor sentado frente a su quiosco y salió a los ruidos de los coches en la calle Infantas. Caminaba a grandes zancadas con el paquete bajo el brazo y las manos en los bolsillos del pantalón, ensimismado y sin ver a la gente que se le cruzaba y le dejaba pasar.

Atravesó la Gran Vía por el pasadizo del metro de José Antonio y continuó con su paso de máquina, de robot, Montera abajo. Al llegar a Carretas, se detuvo unos instantes para comprar la edición de tarde del Diario 16. Rápidamente recorrió la página de sucesos sin encontrar nada que hiciera alusión a lo ocurrido en el apartamento de Conchita.

Sin embargo, la muerte de Fernando ocupaba dos columnas. Se anunciaba como un robo seguido por asesinato y se citaban fuentes policíacas. La cara meliflua y bien afeitada del cómplice del Chino aparecía sonriente en una foto tipo carnet. El final de la nota recalcaba la vida ordenada y dedicada al trabajo del muerto. Tiró el periódico en una papelera.

Si había algo que no cambiaba era el Callejón de Cádiz. Parecía un trozo de pueblo, algo que no tenía nada que ver con el Madrid de ahora. Allí seguían las viejas prostitutas, el suelo mojado, los restaurantes baratos y los bares ruidosos de parroquianos fijos.

Roca dobló por la calle Barcelona y subió lentamente hasta que se detuvo en la puerta de la pensión. La fachada estaba pintada de blanco y la puerta barnizada. Se llamaba ahora Hostal La Mundial. El cartel estaba clavado en la pared con una placa nueva.

En la puerta había un niño de alrededor de diez

años, delgado y medio rubio con un balón Tango de reglamento en la mano. El niño y el hombre permanecieron mirándose un buen rato. El vestíbulo de la pensión también había cambiado. Parecía más limpio con los muebles castellanos y el plano Texeira de Madrid colgado en la pared.

El niño botó el balón y amagó una patada.

—Es de verdad —dijo, señalando el balón—. Me lo ha comprado mi padre —Roca no contestó—. Yo soy de Zarauz. ¿Le gusta Arconada?

Colocó el balón en el suelo, chutó y rebotó contra la pared. Volvió a darle una patada con habilidad. De arriba se escuchó una voz ronca:

—¡Alex, te he dicho que no juegues aquí a la pelota!

—¡Vale! —contestó el niño y agarró el balón. Se dirigió al hombre—: No me deja jugar... ¿Quiere una habitación?

—¿Cómo te llamas? —preguntó de repente el hombre.

—Alex —contestó el niño—. Alejandro no, Alex.

Roca buscó en los bolsillos del pantalón y sacó un amasijo de billetes. Separó uno de cien pesetas y se guardó los otros. Se lo tendió al niño.

—Para ti —le dijo.

El muchachito lo cogió y lo apretó en la mano. Sus ojos miraron al extraño hombre que dio media vuelta y se perdió calle abajo entre la gente. Salió fuera de la casa con el balón apretado en su cuerpo y estuvo observando cómo torcía a la izquierda al llegar a la esquina.

Diez metros después, Roca subió a un taxi. El coche le condujo al otro lado de la ciudad, a Vallecas. En la Avenida de la Albufera le ordenó al taxista que parase. Pagó y descendió del automóvil. Aguardó a que éste se fuese y entonces volvió otra vez a caminar entre la gente, sin ver nada ni a nadie. Tiró por una bocacalle muy iluminada y se detuvo frente a una tienda de deportes que formaba esquina. Se llamaba Deportes J. Rollán. El letrero, con luces rojas que se encendían y apagaban, estaba colocado sobre la puerta.

No se veía el interior desde la calle, de modo que se acercó a la puerta. Dentro había dos personas. La que parecía el dueño estaba tras el mostrador y la otra, a la que veía con dificultad, le hablaba. Miró el reloj, dentro de muy poco se cerrarían los comercios.

Empujó la puerta y pasó a la tienda.

El que parecía el dueño tenía unos brazos enormes de músculos abultados y los apoyaba en el mostrador. Estaba casi calvo y hablaba con un sujeto moreno de traje a cuadros.

—Camisetas, cuatro —dijo el del traje, apuntando algo en cuadernos de pedidos.

—Cuatro —repitió el de los brazos grandes.

—¿Nada más?

—Nada más. Ya está bien por hoy.

—¿Las quieres en todas las tallas?

—Sí, en todas.

—Bueno —dijo el del traje, guardándose el cuaderno en el bolsillo de la chaqueta—. Mañana estarán aquí.

El otro asintió con la cabeza. Llevaba un niqui negro, ajustado, con una inscripción en el pecho que decía Deportes J. Rollán en letras rojas.

—De acuerdo —le hizo una seña de despedida con su mano grande—. Hasta mañana.

—Adiós —dijo el moreno y salió. El de la camiseta negra se puso a ordenar papeles como si Roca no estuviese. Al cabo del rato levantó la vista de lo que estaba haciendo y preguntó:

—¿Qué desea?

—Soy amigo de Doroteo. Me envía él.

Siguió ordenando papeles. Sus manazas cogían facturas con cuidado, como si temiera romperlas, las miraba y después volvía a colocarlas sobre la mesa. Aquello parecía representarle mucho esfuerzo, deletreaba moviendo los labios sin cesar.

—Estoy muy ocupado. ¿No lo ve? Dígame qué quiere.

—Necesito saber dónde vive el Chino Vidal. El ciego Doroteo me ha dicho que usted podría decírmelo.

—Doroteo habla demasiado. Además de ciego es imbécil. ¿Por qué quiere ver al Chino?

—Necesito preguntarle algo.

—No sé dónde vive —levantó un momento la cabeza y después siguió con las facturas. Roca no se movió.

—El ciego Doroteo me ha dicho que usted lo sabe.

—Se me ha olvidado.

Roca dejó el paquete con la recortada a su lado, sobre el mostrador, y sacó tabaco. Le ofreció al de la tienda.

—¿Fuma?

El otro entrecerró los ojos. Roca se colocó el cigarrillo entre los labios y lo encendió.

—Ya le he dicho que no sé dónde vive ese Chino. Lárguese.

—Me ha dicho que se le ha olvidado. No importa, no tengo prisa, esperaré aquí hasta que se acuerde.

—Fuera.

—No sea grosero. Sólo estoy preguntando.

Dejó las facturas y se frotó las manos.

—¿Qué ha dicho?

—Le he preguntado dónde vive el Chino. No hay por qué enfadarse. No quiero enfadarme con nadie.

—Y yo le he dicho que no me acuerdo. Tengo trabajo, márchese o...

—¿O qué?

—¿Quiere verlo?

Dio la vuelta al mostrador. Era más bajo que Roca, pero igual de ancho que de alto. Le colocó una mano grande y pesada en el hombro.

—Mira, viejo —dijo—, no quiero hacerte...

Roca giró con rapidez y su rodilla derecha se proyectó con fuerza en la entrepierna del calvo. A éste se le vidriaron los ojos y se inclinó hacia adelante dando un alarido. Sin moverse apenas de donde estaba, le lanzó la izquierda y la derecha a los ojos en golpes secos y cortos. El de la tienda rugió y bajó la cabeza instintivamente, cubriéndose los ojos con los brazos.

Roca se inclinó ligeramente hacia atrás, tomó impulso y le descargó el pie derecho bajo el diafragma y antes de que se desplomara, volvió a golpearle en los ojos.

El calvo, completamente cegado, manoteó con sus enormes brazos, intentando agarrar a Roca. Pero éste volvió a girar y se situó a su espalda. Le empujó hacia adelante con fuerza, al tiempo que le hacia la zancadilla.

Aterrizó contra una estantería con campings gas, linternas y utensilios deportivos. La estantería se vino abajo con estrépito y le cayó encima aprisionándolo. Los objetos rodaron por el suelo.

Roca se quitó el cigarrillo de la comisura de los labios, caminó hasta la puerta y bajó el cierre metálico. Miró el reloj, eran las ocho de la noche y el anuncio luminoso de la puerta lanzaba destellos al chocar contra los escaparates.

Apagó la luz y se acercó al caído.

La pesada estantería le aprisionaba el estómago y el brazo derecho.

—¡Enciende la luz! —gritó el calvo—. ¡Maldita sea, sácame de aquí y enciende la luz!

—¿Dónde vive el Chino —preguntó Roca, con voz pausada.

—¡No lo sé! Sácame de aquí.

Comenzó a resoplar y a removerse. Roca sacó la navaja del pantalón y la abrió. El chasquido de la hoja al abrirse sonó en el cuarto como un presagio. La luz roja del letrero iluminó la brillante lámina de acero.

Se acercó por detrás y se la metió en la nariz. La navaja, afilada como para poder afeitarse, rasgó la carne con suavidad. La sangre se resbaló por la boca.

—¿Dónde vive el Chino? —repitió.

—¡Espera! —gimió—. ¡Por favor, espera! ¡No me mates!

El temblor del cuerpo le impedía hablar. De sus ojos tumefactos comenzaron a brotarle lágrimas. Los dientes le castañeaban. Su cara, al iluminarse por los golpes rojos del neón, se desfiguraba por momentos.

—Contaré hasta tres. Uno...

—¡Espera, tiene una sala de fiestas, el Chino tiene una sala de fiestas!... —gritó.

—Dos... —retiró la navaja—. ¿Dónde?

—En el kilómetro veinte de la Carretera de Andalucía. Es... —gimió—, es un hotel con sala de fiestas, se llama El Paraíso. Yo no sé dónde vive en Madrid, te lo juro.

Roca se levantó, cerró el arma y se la guardó en el pantalón. Su pelo blanco brilló como una aureola sobre su cabeza.

—Si me has mentido o le avisas, te mataré.

—No, de verdad. Él se pasa el día en el hotel, vive allí, creo. Pero tiene un piso en Madrid, no sé dónde.

Cogió la bolsa con la recortada y arrojó la colilla del cigarrillo al suelo. La pisó.

El de los brazos había logrado zafarse de la estantería y se incorporaba tambaleándose como un borracho.

Roca caminó despacio hacia la puerta y el dueño de la tienda se apoyó en el mostrador. Tanteó el cajón del centro y lo abrió.

La luz de fuera le iluminó. Estaba medio echado en el mostrador con una mano hacia adelante. La retiró empuñando un objeto metálico. Roca se arrojó al suelo de rodillas al tiempo que apretaba, a través de la bolsa de plástico, los gatillos de la recortada. Sólo se escucharon los dos tiros, al unísono, de la escopeta. El otro no llegó a disparar.

El doble fogonazo lo despidió hacia atrás, le hizo chocar contra el cierre metálico de la tienda y le soltó el arma de las manos. El sujeto de los brazos dio un alarido animal, arrojó lejos la pistola y fue catapultado al otro lado del mostrador. Los balines de acero de los cartuchos barrieron el local en un radio de casi quince metros. El humo denso de la pólvora apestaba el ambiente.

Roca cogió su escopeta y se levantó. Tenía los cañones calientes y la bolsa estaba rota y quemada.

El dueño de la tienda había muerto con las piernas y los brazos abiertos y la cara y el cuerpo picado de sangre. El cajón estaba a su lado y las facturas se expandían alrededor. La pistola estaba lejos, al otro lado del mostrador, y no la tocó. Parecía un Astra del nueve corto, de reglamento en la policía.

Se abrió la cazadora y se introdujo la recortada en el costado izquierdo, bajo la axila y se cerró la cremallera, palpándose el bulto. Dobló la bolsa de plástico, caminó hasta la puerta, elevó el cierre metálico y después de observar que todo seguía igual en la calle, salió fuera.

Trescientos metros calle abajo, arrojó los restos de la bolsa de plástico en una papelera.

DIEZ

—¿Qué te pasa? —el Chino le colocó el índice y el pulgar en la cara a la mujer y apretó—. ¿Qué mierda te ocurre?

—Nada —contestó ella y apartó la cara.

El hombre apretó más.

—He dicho que qué te ocurre. Contesta.

—Nada, de verdad.

—¿Quieres jugar conmigo? Dime, ¿te divierte jugar conmigo? Hay bromas que a mí no me gustan.

—Me... me haces daño, Miguel.

—¿Sí?

—Por favor —suplicó.

—Estúpida.

La mujer cerró los ojos. Tenía la cara vuelta hacia la derecha y su pelo, rubio teñido a mechas, se extendía por la almohada. Respiraba entrecortadamente.

—No me gusta hacerlo con una estatua. No me gusta. A nadie le gusta tener debajo una mierda de estatua. ¿Lo comprendes?

—Lo siento, Miguel, lo siento mucho —susurró y se relamió los labios— ...si quieres, si quieres...

—Ya no. Ya no tengo más ganas.

—Ha sido culpa mía.

El Chino retiró la mano de la cara de la mujer y ésta gimió. Tenía marcas rojas en ambos carrillos. Siguió con el rostro vuelto.

—Contigo siempre pasa lo mismo, no puedo. ¿Ves? ¿Es que no te gusto?

—Sí, me gustas —dijo—. Ya te lo he dicho muchas veces. Me gustas.

—No.

—Sí, te lo juro. Contigo estoy muy a gusto.

—¿Entonces?

—No... no sé.

—Dilo. Repítelo. Di que quieres que te pegue.

—Ya te lo he dicho. Por Dios, Miguel, ya te lo he dicho.

—A mí tú no me gustas —rió—. Ya lo ves. Hasta la mujer más idiota sabe cómo hacérselo a un hombre, tú no. Tú eres imbécil. Eres una puta imbécil.

Le tiró de los pechos. La mujer ahogó un grito y continuó con la cara vuelta, mirando fuera de la cama. El Chino le dio una bofetada con la mano abierta.

—¡Oh! —exclamó ella.

Le dio otra, más fuerte y la mujer inició un grito. Entonces, repitió los golpes hasta que ella comenzó a chillar. Un hilito de sangre le apareció en el labio.

—Mira —dijo—. Mira cómo se ha puesto esto.

La mujer lloraba con gemidos entrecortados mitad verdad y mitad mentira. Volvió a pinzarle la cara con los dedos y la obligó a mirarle.

—¿Has visto? Se ha puesto grande.

Le dio otra bofetada.

—Vamos, rápido. Ponte.

La mujer elevó las piernas y cerró los ojos. El Chino comenzó a moverse furiosamente y a gruñir. De pronto se detuvo resoplando y crispó las manos sobre sus pechos.

Saltó de la cama.

—Vístete —tomó un cigarrillo de un paquete tirado en el suelo, lo prendió con un encendedor que estaba sobre la mesita de noche y expulsó el humo—. ¡Ja! —exclamó.

—Me has hecho daño —susurró la mujer y comenzó a limpiarse con la sábana.

Su cuerpo era delgado, pero no flaco. Llevaba seis meses trabajando para el Chino y ya se había dado cuenta de qué forma había que tratarlo. Algunas veces se había tropezado con gente así, que gozaba pegando, pero con el Chino era diferente. El Chino era su jefe y de vez en cuando había que pasar por su cama. Era un trabajo rápido y no muy difícil.

—Vístete y márchate. ¿A qué hora entras?

—A las ocho. Carla está enferma y yo la sustituyo.

—¿Quién es Carla?

—María José.

—¡Ah! ¿Y está enferma?

—Sí, ayer se puso mala.

—Qué líos os traéis entre vosotras. Vete ya.

La mujer salió de la cama y paseó su esbelto cuerpo por el dormitorio. Tenía la ropa cuidadosamente doblada sobre una silla que imitaba al estilo Luis XV. Se colocó la ropa interior y un vestido azul corto y escotado. Después se sentó y se calzó los zapatos que eran negros con mucho tacón. Se ahuecó el cabello, tomó su bolso y agitó la mano como despedida.

—Chao —dijo.

El hombre hizo un gesto con la cabeza y cuando la mujer se hubo marchado, se tumbó en la cama.. Permaneció en silencio, fumando y arrojando el humo al techo.

Alguien golpeó la puerta suavemente.

—¡Qué! —gritó el Chino.

—Don Miguel —contestó una voz de hombre al otro lado—. ¿Puedo pasar?

—Entra.

La puerta se abrió y un tipo de cara delgada y blanca en mangas de camisa, preguntó:

—¿Se ha ido ya Lola?

—¿No lo ves? ¿Qué quieres, Rodolfo?

—Le está esperando don Raúl. Está en el despacho. Le he dicho que estaba usted ocupado.

—¿Qué haces tú aquí? ¿No deberías estar trabajando?

—Tenemos que hacer los pedidos, don Miguel.

Estoy revisando lo de Gálvez, no sé si se acuerda que...

—Ya —le interrumpió—. ¿Y qué quiere Raúl?

—No lo sé. Dice que quiere verle, que es urgente. Le he dicho que le espere en el despacho.

—Bueno, ahora voy y tú vete a abrir el local, que luego pasa lo que el otro día.

—No —negó con la cabeza y sonrió—. No se preocupe, eso no volverá a ocurrir. Si va para allá don Miguel, había pensado que podría ir con usted. No me he traído el coche.

—Vete tú solo, yo iré después. Dile a Raúl que voy en seguida.

—Vale. Entonces hasta luego, en seguida termino.

—¡Mierda! —exclamó cuando el otro cerró la puerta—. ¡Qué querrá ese imbécil de Raúl!

Raúl apagó el tercer cigarrillo en el grueso cenicero de plata que había en la limpia mesa de caoba. La habitación era pequeña y estaba amueblada con la pretensión de que pareciera un despacho. Había un mueble, también de caoba, cerrado y con cristaleras, lleno de libros, dos sillones de cuero frente a la mesa, una pesada alfombra y cuadros serios en las paredes.

Se volvió cuando el sujeto en mangas de camisa abrió la puerta y asomó la cabeza.

—Ahora viene, don Raúl. Espere un momento.

—Gracias, Rodolfo —contestó—. ¿Le has dicho que era urgente?

—Sí, viene en seguida.

Raúl encendió otro cigarrillo. Hacía frío en el cuarto y la luz del techo acentuaba el frío. Murmuró algo y consultó el reloj de nuevo. Todavía no había oscurecido fuera y sin embargo los muebles oscuros del despacho le daban la impresión de que ya era de noche. En el cementerio apenas si prestó atención a la farragosa ceremonia de enterrar a Fernando. El cura estuvo más pesado aún que en la iglesia y tuvo que largar otro discurso y Luisa, qué idiota, se desmayó dos veces en los brazos del Viejo.

La tarde era soleada y sin calor y el cementerio parecía un camping. Cuando el ataúd descendió a la fosa, sintió un leve estremecimiento. Dos días antes Fernando estaba vivo y bromeaba con él acerca de la nueva secretaria de la sección que no se depilaba las piernas y ahora se empezaba a pudrir en su tumba, vestido con un traje azul y una camisa blanca de cuello ancho que le disimulaba el enorme tajo que le había producido la muerte.

¿Quién le había matado y por qué? ¿Y quién era el desconocido que lo había hecho y que, además, parecía saber todo lo referente a sus actividades? ¿Había hablado Fernando antes de morir? No lo sabía, no sabía nada. Sólo las palabras del Viejo en el coche que, en vez de aclararle las cosas, se las había puesto aún más oscuras.

—¿Qué te pasa? —la voz del Chino le sobresaltó. Vestía un traje negro de terciopelo con corbata roja de lanilla, y sostenía la puerta con una mano displicente. Una sonrisa burlona le bailaba en la boca—. ¿A qué has venido?

Raúl se levantó del sillón de golpe y la ceniza de su cigarrillo le cayó en el pantalón.

—Miguel —exclamó—. Tengo que hablar contigo.

—Aquí no me gusta que venga nadie. Es mi refugio.

—No estabas en el hotel. Te he llamado. Además, es importante.

—¿Cómo sigue Marta?

—Bien —dijo impaciente—. Ha ocurrido algo horrible, Miguel.

—¿Sí?

Cerró la puerta y caminó balanceándose hasta el mueble y abrió la cristalera. Después de hacer el amor le gustaba quedarse un rato pensando en cómo había ocurrido y ese imbécil le había interrumpido. Pero debía tratarlo bien. Era un personaje importante del Banco y con el Banco nunca se sabía.

Sacó una botella de coñac y dos copas y las colocó sobre la mesa.

—Miguel, Fernando ha sido asesinado.

—Ya lo sé —dijo sin mirarlo—. ¿No esperarías que fuera al entierro, verdad? No soy de vuestra clase. ¿Quieres? —mostró la botella.

Sin esperar respuesta, vertió coñac en las dos copas, cogió una y la agitó antes de beber un sorbo.

—No es lo que tú crees, lo que cree todo el mundo. No lo ha matado un vulgar ladrón para robarle. Hace un rato el Viejo, éste, don Ismael, me ha dicho que ha recibido una carta del asesino pidiéndole dos millones de pesetas. Si no, entregaría a la prensa pruebas de que el Banco ha estado fugando capitales.

La copa se detuvo a mitad del camino. El Chino la colocó despacio sobre la mesa.

—¿Qué es eso de dos millones? Explícate. ¿Qué tengo yo que ver con esa carta? ¿De qué me estás hablando?

—Tú eres quien organizas los transportes, Miguel. Tienes que saber quién es ése que sabe tanto. ¡Por Dios, Miguel, dime lo que ocurre!

Bebió de golpe. Su cara se había vuelto rígida.

—Cálmate, Raúl. Vayamos por partes. Dices que el asesino de Fernando le ha enviado una carta al Viejo pidiéndole dos kilos a cambio de su silencio. ¿Es así?

—Sí.

—Ya —hizo una pausa—. ¿Qué pone en esa carta?

—No lo sé. El Viejo no me lo ha dicho, sólo ha mencionado lo de la carta. Dentro de un momento hay una reunión del Consejo para discutirla.

—Puede ser un farol, la gente lo hace. Los chantajes son así. La mayoría de los chantajistas son faroleros. Yo no me preocuparía.

La colilla le quemó los dedos y Raúl dio un respingo y la apagó en el grueso cenicero.

—¿Cortarle el cuello a Fernando te parece un farol?

—¿Qué tengo yo que ver?

Raúl se acercó al Chino y le cogió del hombro.

—Fernando pudo haberle dicho a ese hombre algo de mí —dijo con voz apagada—. Si el Viejo sabe que hemos estado engañándole en los transportes, no sé lo que haría. Y tú estás también metido en esto, Miguel. Estamos los dos. Ha debido ser uno de tus correos.

—No —negó con la cabeza, pero en sus ojos había preocupación—. Son gente de confianza, no tiene sentido.

—¡Me voy a volver loco! —exclamó.

—Calma.

—Sí, claro. Pero tú te quedas al margen. Hemos estado ganando mucho dinero los tres, Miguel. Tú, yo y Fernando y es un asunto de los tres.

—Déjame pensar.

—Uno de tus correos ha debido darse cuenta y quiere sacar tajada. Ha debido ser eso.

—¡Cállate! —gritó y levantó el puño en dirección a Raúl. Estuvo así unos segundos con la cara contraída y luego se relajó—. Déjame ver las cosas, puede que haya sido uno de mis correos, pero déjame pensar.

Raúl se sentó de golpe en el sillón y el Chino comenzó a pasear por el despacho.

—¿Tienes un cigarrillo? —le preguntó a Raúl—. Me he dejado los míos en el dormitorio.

Raúl le ofreció su paquete en silencio y el Chino tomó uno y lo prendió con el encendedor que le tendió a continuación. Su mano temblaba.

—Escúchame —dijo el Chino de pronto, deteniéndose frente a los cortinones pesados—. Voy a ayudarte, creo que tienes razón. Los dos estamos en lo mismo y es justo que nos ayudemos —se volvió y le sonrió—. Lo primero es saber lo que pone la carta, si es un farol o no, y, yo, por mi parte, voy a ponerme a investigar si eso ha salido de uno de mis correos. ¿De acuerdo?

—Sí —contestó con voz compungida—, sabía que

me ayudarías. No me gustaría que don Ismael supiese que le engañábamos.

—¿Por qué tendría que saberlo? Mis correos me conocen sólo a mí y a Fernando, y Fernando está muerto. ¿Qué tienes tú que temer? Ninguno sabe siquiera tu existencia.

—Fernando pudo haber hablado. Además —gimió—, don Ismael me miró con una cara... creo que lo sospecha.

El Chino giró la cabeza y siguió contemplando las cortinas.

—En estos momentos es cuando debemos estar más unidos, ¿verdad?

—Por eso he venido a verte, Miguel. No sé lo que ha pasado realmente. ¿Crees que Fernando nos ha podido traicionar?

—¿Traicionar? —su cuerpo permaneció tranquilo, en reposo, pero Raúl no pudo ver cómo las pupilas de sus estrechos ojos se habían achicado—. ¿De qué forma, Raúl?

—No sé... —titubeó—. A lo mejor estaba conchavado con ese que le ha matado... ¡Si yo lo supiera!

—Vaya —se volvió y contempló a Raúl—. Parece que no estabas muy seguro de Fernando. ¿Has sospechado algo, alguna vez?

—No.

—¿Seguro?

—¿Es que tú...?

—Nos vendería por nada. Fernando era un cerdo y tenía miedo, mucho miedo. Cuando se tiene miedo se hace cualquier cosa.

Raúl no pudo evitar un hondo suspiro.

—De todas maneras esa carta aludía a documentos que nos comprometen. Alguien se los ha dado a ese hombre, Miguel y nadie más que nosotros se los ha podido dar. A no ser que se trate de uno de tus correos.

—Tranquilo, Raúl, tranquilo, aún no sabemos nada. Tú mismo me has dicho que no has leído la carta. Lo único que sabes es lo que te ha dicho ese viejo chocho de Ismael.

—No quiero verme mezclado con vuestras cosas —se levantó y miró el reloj—. No quiero que se sepa nada...

—Tranquilo —repitió.

—Habéis fallado vosotros, no yo. Y no pienso pagar vuestra... vuestra...

—¿Qué? Dilo de una vez.

—Vuestra inoperancia.

—No entiendo esas palabras.

—Las entiendes perfectamente.

—Os he dado mucho dinero, mucho. Eso sí que lo entiendo yo y lo habéis entendido vosotros. El lenguaje del dinero lo habéis entendido muy bien. ¿Verdad?

Raúl apretó las mandíbulas, pero no fue un gesto de rabia o decisión. Fue un vago gesto de duda. Agitó una mano en el aire, como disipando una idea molesta.

—Lo único que quiero saber es lo que ha pasado. ¡Por Dios! ¿Es tan difícil de entender? Dime si puedes hacer algo, Miguel. Es todo lo que te pido

—Ya te lo he dicho, voy a ponerme a actuar ahora mismo, pero de momento convendría que leyeras la dichosa carta. A lo mejor es un farol.

—Esperemos. No pienso tirar mi carrera por la borda.

—Claro —dijo el Chino—. Claro.

—Tengo prisa, me espera don Ismael.

Alzó la mano y comenzó a caminar hacia la puerta. La estaba abriendo, cuando el Chino le dijo:

—Disculpa que no te acompañe, Raúl. Pero tengo que llamar al hotel. Esta noche no iré a trabajar.

—No te preocupes, conozco la salida.

Cerró de un portazo y el Chino arrojó la copa con fuerza contra la pared.

Se hizo añicos.

ONCE

El hotel El Paraíso estaba rodeado de una tapia cubierta por enredaderas entre las que asomaban las oscuras copas de los árboles y los quitasoles. El conjunto se encontraba a un lado de la carretera general, solitario como una isla en un mar de tierra parda y seca, muy cerca de las primeras luces de una urbanización y de la cinta plateada de la autopista.

Silverio Roca desvió el coche del camino auxiliar y se introdujo en el estacionamiento. Aparcó en la zona más alejada de la entrada y separó los cables con los que había formado el puente. El automóvil era un BMW gris plateado con el depósito lleno de super y los asientos tapizados de cuero. En su interior había encontrado un cartón de cigarrillos Winston y una gabardina nueva.

Un portero con gorra de plato y galones se paseaba bajo las letras chisporroteantes de la entrada, que formaban un arco rojo sobre su cabeza. Unos escalones conducían directamente hasta una puerta situada a la derecha, cuyo rótulo anunciaba que se trataba de El Paraíso Dancing.

Extrajo la navaja y cortó los bolsillos de la gabardina. Luego se la colocó y salió del coche. Con las manos dentro podían tocar la recortada, colocada en su costado.

Echó a andar en direción al portero.

Le hizo una inclinación de cabeza, pasó bajo las luces y caminó por un pequeño sendero. Hasta él llegó la música de una orquesta que tocaba algo lento, de moda treinta años atrás. Dio la vuelta y empezó a caminar con sigilo por la trasera del edificio.

Había cajas vacías de cerveza y cubos de basura que apestaban. El jadín se había convertido en un patio sin iluminar, lleno de escombros. Casi pegado a la tapia, una sombra negra se removió y comenzó a ladrar furiosamente.

Un galpón, unos metros más lejos, se iluminó súbitamente. Una mujer surgió en la puerta con un saco de arpillera en la mano. Era grande, gorda y el cuello se confundía con la espalda, que eran como las de un hombre fuerte. Si no llega a ser por el amplio vestido que la cubría formando pliegues, Roca hubiera dudado de que fuera una mujer. La luz de la casucha le iluminó.

—¡Rayo! —le gritó al perro con voz áspera. El pero gruñó un poco más y detuvo sus ladridos. La mujer caminó hasta un bidón de agua situado al lado del perro y dejó el saco en el suelo.

—¿Qué busca aquí? —preguntó.

—La puerta trasera —contestó Roca—. Quiero hablar con don Miguel, me han dicho que hace falta un camarero.

La mujer metió la mano en el saco y extrajo un gato recién nacido. Era poco mayor que su puño. El gatito maulló lastimeramente antes de que la mujer metiera el brazo en el bidón. Parecía ensimismada.

El agua se agitó unos instantes. Luego, levantó el brazo, contempló el cuerpo sin vida del animal y se lo arrojó al perro. Éste lo devoró de dos dentelladas, con jadeos de satisfacción.

—Pregunte por mi marido, se llama Rodolfo —dijo, apoyándose en el bidón—. Es el encargado. El jefe no está.

—Es mejor hablar con el jefe.

—Sí, pero Rodolfo se encarga de todo, está en la recepción. Pregunte por él. ¿Quiere un gato?

—No.

—Ocho ha tenido esta vez —metió la mano nuevamente en el saco y cogió otro. Éste era negro y agitó las patas en el aire. La mujer gritó—: ¡Cabrón, me has arañado!

Con rapidez lanzó al animal contra el suelo. El ruido sordo del golpe se confundió con un corto maullido de dolor. Mientras se chupaba el dorso de la mano, lo aplastó de un pisotón y de una patada lo arrojó entre las fauces del perro. El chasquido de los huesecillos al ser devorados se mezcló con los maullidos de horror del recién nacido.

—¿Cuándo viene el jefe?

—Cuando le da la gana. ¿En serio, no quiere un gato?

—No.

Roca dio media vuelta y caminó hasta la esquina iluminada. Antes de girar, entre el rumor de la música, escuchó otros maullidos y, otra vez, el ronroneo gutural del perro.

Los seis músicos ataviados con chaquetas rojas tocaban sin ganas *Abril en París*. Nadie bailaba en la amplia pista de madera. Los tres sujetos que ocupaban una mesa del rincón con dos mujeres preferían reírse. En la ancha barra en penumbras sesteaban dos camareros y otras tres mujeres de la casa charlaban subidas en los altos taburetes.

Roca atravesó la sala y se sentó en la mesa más distante que encontró. Cuando sus ojos se acostumbraron a la oscuridad del local, miró a todos los presentes. El Chino no estaba allí. Apoyó la espalda en la pared, puso el paquete de cigarrillos sobre la mesa y se desabrochó la gabardina.

Una mujer delgada, con un vestido oscuro, largo y escotado se bajó de uno de los taburetes y caminó hasta él, bamboleando las caderas. Cuando la tuvo cerca se dio cuenta de que era rubia.

—¿Puedo sentarme? —preguntó, y antes de que Roca respondiera, arrimó una silla y se sentó—. ¿Nos conocemos?

—No creo —contestó Roca.

Sonrió enseñando los dientes. Su rostro era triangular y sus ojeras espesas y profundas.

—Aquí siempre vienen clientes fijos. Por eso te lo preguntaba. ¿Me das un cigarrillo?

Le tendió el paquete y luego le alcanzó el encendedor. Fumaba sin hábito, aspirando el humo rápidamente.

—Busco al jefe, a Miguel. ¿Ha venido?

—No —negó con la cabeza—. Y me parece raro. ¿Eres amigo de Miguel?

—Quiero hablar con él.

—¿Te tomarás una copita antes, verdad?

—Claro, pide lo que quieras.

—Así las esperas son más entretenidas. ¡Eh! —chascó los dedos en dirección al mostrador y movió la mano—. ¿Qué vas a tomar? ¿Te atreves con güisqui?

—Sí.

—¡Dos güisquis, Rubén! —gritó y el camarero, que salía del mostrador, levantó la cabeza interrogando—: ¡Dos güisquis! —repitió y se volvió a Roca—. Me encanta el güisqui. ¿A ti no?

—Sí, está muy bien.

—¿Oye, no tienes calor con esa gabardina? Yo estoy asada.

—No.

—Bueno... ¿cómo te llamas? Yo me llamo Lola, pero no me llames Loli, ni Dolores.

—Silverio.

—Es bonito. Suena bien. ¿No has venido antes por aquí?

—Nunca. ¿Siempre hay la misma gente?

—Esto está fatal, ya no sale nadie de sus casas. Les gusta más la televisión o el bingo. Sólo van al bingo —suspiró—. Pero los viernes y los sábados todavía se llena. Puede que a partir de las doce venga más gente, cuando salgan de los cines.

—¿A qué hora viene Miguel?

—No tiene hora, pero ya debería estar aquí. Le gusta estar al tanto del negocio.

—¿Vive aquí, verdad?

Encogió los hombros. La blancura de su cara le hacía parecer enferma.

—Sí, en la última planta. Tiene una terraza desde la que se ve la Plaza de España.

—Me habían dicho que también tiene una casa en el centro. ¿Sabes dónde?

—No es una casa, es una especie de oficina —titubeó y soltó una risa desgarrada—. Y un picadero. Es su picadero oficial. ¿Lo quieres para algo?

—Estoy buscando trabajo.

Los ojos de la mujer le recorrieron de arriba abajo.

—Ya.

—Buenas noches —dijo el camarero, que se había deslizado como una sombra. Colocó dos vasos con hielo llenos hasta la mitad de líquido amarillo—. ¿Desea agua o soda, señor?

—Así está bien —dijo Roca.

—Gracias, Rubén —habló la mujer. El camarero se fue y la llamada Lola levantó el vaso y bebió un sorbo largo. Lo dejó sobre la mesa suavemente—. A tu salud.

Roca no tocó su vaso.

—¿Cuánto vales?

—¿Normal o super?

—¿Qué es super?

—Hacer lo que tú quieras... cualquier cosa. ¿Pero no decías que buscabas trabajo?

—Me quedo con normal. ¿Cuánto?

—Cinco.

—¿Dónde?

—Arriba, en mi cuarto.

—¿En el hotel?

—Sí, claro... Cinco mil es un rato.

—¿Y toda la noche?

—Son las ocho y media —consultó el reloj—. No seas exagerado. ¿Por qué no esperas al jefe y luego hablamos?

—¿Cuánto es?

—Treinta —contestó con voz apagada—. ¿Traes dinero?

—¿Cuánto es esto? —señaló los dos vasos.

—Mil, pero no has bebido nada.

Con cuidado, para que no se le notara el bulto de la recortada en el costado ni los cartuchos en los bolsillos de la cazadora, se inclinó un poco a la izquierda y sacó el fajo de billetes que le había cogido a Fernando. La mujer fijó los ojos en ellos. Era un buen montón de dinero. Había suficientes para ella.

Separó un billete y lo dejó sobre la mesa. Volvió a guardar el fajo en su sitio.

—Si es hasta las doce te lo dejo en veinte. ¿Te parece bien?

—Pediremos algo de beber en tu habitación.

—Champán.

—Sí, champán. Dos botellas —dijo Roca.

—Lo pasaremos bien —la mujer le agarró la mano—. No te arrepentirás, ya verás.

—Creo que no.

—Eres muy rumboso —se inclinó sobre la mesa y el escote de su vestido se combó. Sus pechos eran menudos y no llevaba sujetador de ninguna clase—. Me gustan los hombres rumbosos. ¿Nos vamos?

Se levantaron. La mujer se acercó a Roca con el brazo extendido y éste giró y se separó.

—¿Son buenas las habitaciones?

—Claro, hombre, son estupendas. Te quitaré el frío. Vamos a pasar un rato muy agradable.

—Seguro —Roca echó a andar hacia el vestíbulo y la mujer le siguió—. ¿Dónde se pide el champán?

—En la recepción. Está incluida la habitación pero no el champán. Si no quieres champán, podemos pedir otra cosa. Me da lo mismo.

—No —dijo Roca—. Dos botellas de champán.

La orquesta tocaba *Volare* sin desafinar y despertando ecos en el local. Salieron al vestíbulo y apartaron la cortina que lo separaba de la recepción del hotel. Roca se situó a la izquierda de la mujer de forma que no notara la recortada.

El individuo que sesteaba tras el mostrador llevaba un uniforme impecable, quizá demasiado estrecho y demasiado planchado. No había nadie y los pasos de la pareja en el suelo de mármol, también resonaron demasiado.

El de la recepción levantó la cabeza y los contempló con expresión ausente.

—Rodolfo —le dijo la mujer—, dame la llave y que nos suban champán. Dos botellas, ¿no? —se volvió a Roca.

Éste asintió y el del mostrador le tendió una llave prendida de una plaquita de latón.

—¿Qué marca, Lola?

—No sé.

—¿Francés? —la pregunta iba dirigida a Roca.

—Sí —contestó—, del mejor.

—De acuerdo, señor —de pronto, su pálida cara se mostró atenta—. Se lo subiré ahora mismo.

Lola se acercó y aplicó su boca al oído de Roca. Le mordió ligeramente.

—Dale una propina —susurró.

—Luego —dijo él.

Se dirigieron al ascensor y Roca la tomó del brazo para que no se pegara a él. Entraron y ella apretó el botón del tercero. Las puertas se cerraron y el ascensor comenzó a ronronear, subiendo. Había sólo cuatro plantas.

Lola se le acercó al costado y le pasó la mano por el pecho. Roca se apartó.

—Luego —dijo—. Ahora, no.

—No hay nadie. Está el hotel vacío. ¿Por qué te preocupas?

—Me gustan las cosas a su tiempo.

—Eres educado. Cualquier tío me hubiera achuchado —sonrió torciendo la boca—. ¿Tú no serás raro, verdad?

—No.

—¿Desde cuándo tienes el pelo blanco?

—Nací así.

—¡Venga ya! —soltó una risa—. No eres exagerado ni nada.

El ascensor se detuvo con un chirrido. Salieron y caminaron por un pasillo enmoquetado y silencioso. Sus caderas abultaron el vestido cuando se inclinó en la puerta 305 y metió la llave en la cerradura. Había otra puerta al lado y dos más enfrente y al otro lado del ascensor. Roca vio otras cuatro puertas.

La mujer cerró la puerta a sus espaldas y dejó la llave encima de una mesa de fórmica, donde había un cenicero y una lámpara. El cuarto era pequeño, pero decorado con cierto gusto. Al menos, la cama, la mesita de noche y las dos butacas del rincón, hacían juego.

—Ponte cómodo. ¿Quieres que nos bañemos?

—Báñate tú.

—Nos bañaremos los dos.

—Espera que llegue el champán.

—Cerramos la puerta del baño. No nos verán... Me encanta bañarme, anda.

—No.

—Como quieras.

La ventana no tenía barrotes. Se asomó y vio el jardín iluminado con lucecitas y la piscina con el agua sucia, cubierta de hojas.

—Te decía que si quieres que te haga algo especial... ¿Te pasa algo? Tienes cara de funeral. Ven y dame un beso, hombre —dijo desde la puerta del baño.

Roca volvió a sacar el fajo de billetes y despacio contó veinte. Los colocó sobre la mesa y luego separó seis más.

—¿Cuánto será el champán?

—No sé. Con seis será suficiente. Si sobra algo, se lo das de propina. ¿Oye, te ha tocado la lotería o eres un millonario sin trabajo?

—Ninguna de las dos cosas.

La mujer se apoyó en la pared y cruzó los brazos sobre su menudo pecho.

—Eres de los pocos tipos que no regatea. Contigo da gusto. Por eso te cobro veinte. Yo cobro más, para que lo sepas. A mí me han dado hasta cincuenta. ¿Qué te parece?

—Hay gente para todo.

—¿Cuándo te vas a quitar la gabardina?

—Cuando me entone.

—Yo te puedo entonar.

—Tú y el champán.

La mujer caminó hasta la mesa y recogió los billetes, los contó rápidamente y los apretó en la mano. Luego los guardó en el cajón de la mesa. Se volvió a Roca y con un rápido movimiento, se despojó del vestido.

Su ropa interior era negra y diminuta. Había dos marcas moradas en sus breves pechos.

Pareció darse cuenta en ese momento. Lanzó una interjección.

—Mierda —exclamó.

—¿Quién te ha hecho eso?

—Todos los hombres me lo habéis hecho. ¡Mierda! —repitió—. Hizo una pausa y miró a Roca—. ¿Te gusto?

—Eres muy guapa.

—¿Sí? —lo que le quedaba de ropa acompañó al vestido que estaba en el suelo, a sus pies—. ¿Quieres ahora que te bañe?

—Me encantaría. Pero antes brindaremos con champán.

—Pues yo me voy a meter en el baño, se va a salir el agua. Luego vienes, ¿eh?

—Sí.

La escuchó chapotear, mientras canturreaba.

—¿Dónde vive el jefe? —le gritó.

—¿Quién? —contestó desde el baño.

—¿Vive el jefe en una habitación como ésta?

—No, tiene la mitad de la planta, la mitad izquierda. La de la derecha está en obras. Desde su terraza se ve hasta la Plaza de España.

—Qué suerte.

—¡Eh!

—Que tiene suerte.

—Ya lo creo. ¿Cuándo vas a venir?

Llamaron a la puerta.

—Champán, señor —dijo una voz de hombre al otro lado.

Entonces, Roca abrió.

DOCE

El Viejo se retrepó en su sillón anatómico y observó a los cinco hombres que tenía enfrente. Sus ojos, enrojecidos pero firmes y duros como puntas de clavos, los recorrió uno a uno y aguardó a que dieran su opinión.

El despacho tenía ochenta metros cuadrados y una de sus fachadas era una enorme cristalera desde la cual se podía divisar los tejados del barrio de Salamanca y el Parque del Retiro. Ahora, las cortinas, accionadas con mando eléctrico, estaban echadas y un aire tenso y apagado cubría la habitación. Los hombres estaban sentados alrededor de una mesa ovalada, hecha con caoba de una sola pieza, en una de las esquinas. En la otra, la mesa de despacho del Viejo parecía un catafalco filisteo ideado por un productor de cine.

—Bueno... —carraspeó uno de ellos, un sujeto de nariz aguileña y ojos saltones, peinado con mucha agua. Se contenía las ganas de fumar con pellizcos a sus finas mejillas. Era el responsable de expansión del Banco y presidente de la Asociación Nacional de Financieros—. No hay garantías, me parece a mí, de que después de que cobre no envíe los papeles a un periódico. Ese tipo de personas lo hace, no debemos fiarnos de su palabra. La palabra de ese hombre no vale nada.

—¿Y qué haremos? —chilló el sentado a su lado. Era bajo, casi como un enano, y cabezón. Llevaba una pajarita y chaleco azul, haciendo juego con el ceñido traje—. Decidme, ¿qué podemos hacer?

—Pagar —dijo otro—, pagar. Eso es lo que hay que hacer.

Un sujeto gordo y grande, con doble papada, movió la cabeza ensimismado. El que había hablado antes, se dirigió a él:

—¿Qué opinas, Salvador, tú sabes de eso?

—He revisado los canales de Fernando uno a uno —levantó la cabeza— y todo está en orden. Este año ha habido... —contó con sus rollizos dedos— dos envíos y el año pasado solamente uno, en marzo. Se pusieron histéricos con el 23-F —sonrió pero nadie secundó su sonrisa—. Y se han hecho de forma normal. Ninguno de los enlaces ni de los correos está fuera de su sitio. Eso lo garantizo.

—¿Y Gastón? —preguntó el quinto hombre, un sujeto de larga cabellera blanca, jefe del Departamento Jurídico del Banco, que se sentaba a la derecha del Viejo—. Nunca me ha gustado ese suizo.

—Se puso a dar voces. Juró que la filtración no proviene de Suiza y lo creo. No mataría a la gallina de los huevos de oro. Gastón no es tonto.

—Puede haber sido uno de sus empleados. ¿Has visto esa posibilidad, Salvador?

—Me he tirado cuarenta años en la policía —gruñó el gordo—. Y sé lo que me digo. La relación de envíos que nos ha enviado el fulano de la carta, no se hacen con la oficina de Suiza. Son clandestinos. ¿Me explico? Por lo tanto, ningún empleado de Gastón ha participado en ellos. Mi opinión, que ya he manifestado, verbal y por escrito a don Ismael, y que pueden leer cuando quieran —golpeó la mesa con el puño—, es que se trata de una red paralela creada por Fernando a nuestras espaldas. De momento no sé si esa red ha utilizado o no nuestros canales. Gastón dice que sólo ha tenido referencias de esos dos envíos este año y de otro el año pasado. Naturalmente, puede mentir.

Se calló de golpe. Su pecho se movió arriba y abajo como impelido por un fuelle. Cuando levantó la cabeza, sus ojos brillantes y acuosos se dirigieron al Viejo, pero éste continuó inmóvil con la mirada fija en un punto situado en la pared de enfrente, donde había un auténtico retablo del siglo XV.

—Esto es todo —terminó el gordo.

El silencio se adueñó del despacho como si de pronto una pesada nube hubiese caído sobre ellos. Uno de los hombres tosió y otro arregló los papeles que tenía sobre la mesa. La prohibición de fumar en los Consejos se notaba ahora más que en ningún otro momento. De pronto, el interfono colocado frente al Viejo sonó débilmente al tiempo que parpadeaba una lucecita roja. El Viejo apretó un botón y se escuchó la voz seca de Rosita, su secretaria particular.

—El Sr. Sandoval se encuentra aquí, don Ismael —dijo la voz.

—Que pase —se volvió a los presentes—. Espero que Raúl nos aclare algo.

La puerta se abrió y Raúl Sandoval entró en el despacho a grandes zancadas. Ninguno de los presentes volvió la cabeza, excepto el Viejo, que le clavó sus ojos.

—Lo siento —dijo Raúl—. No he podido llegar antes.

Se sentó en su lugar con desenvoltura y hojeó el mazo de documentos que tenía a su lado.

—Hemos empezado sin ti, Sandoval —le dijo el Viejo y le señaló los papeles—. Ahí está la carta y un informe que ha elaborado nuestro jefe de Seguridad.

Raúl asintió con la cabeza y tomó la primera hoja fotocopiada. Estaba escrita a máquina, sin encabezamientos, y ocupaba toda la carilla. La leyó rápidamente. No había faltas de ortografía y su estilo era seco y cortante.

Cuando terminó de leer levantó la cabeza y leyó en voz alta el último párrafo:

—«...No haga tonterías, voy en serio y sólo quiero lo que me deben, dos millones de pesetas en billetes usados de mil y quinientas. Le llamaré por teléfono exactamente a las doce de la noche, de modo que mantenga las líneas abiertas. Entonces le indicaré cómo y dónde me entregará el dinero. Fernando, su empleado, habló demasiado y tuve que matarlo sin que fuera mi intención. Me amenazó con una pistola. No bromeo.»

Miró a los hombres y después al Viejo.

—Fernando —torció la boca y golpeó el papel con el puño cerrado—. Quién había de figurárselo... ¿Pero quién es este tipo?

—Un profesional —contestó el gordo—. Y muy bueno. De eso no me cabe duda. ¿Alguna vez Fernando le habló de alguien o de algo relacionado con... esos negocios, señor Sandoval?

—No —dijo tajante—. Fernando no sólo ha engañado a la casa, sino particularmente a mí. Sobre todo a mí.

—Cierto —dijo el gordo.

—Ahí tiene el informe de Ruiz —dijo el Viejo—. Pero no hace falta que lo lea. En síntesis, nuestro Director de Seguridad opina, y muy razonadamente, que Fernando ha utilizado su puesto en la casa para realizar envíos por su cuenta. Lo que no sabemos aún es si ha usado los mismos canales que utilizamos nosotros u otros. Tampoco sabemos si se ha aprovechado de nuestros clientes o no. Por supuesto, no hemos hecho averiguaciones en ese sentido, dejarían de ser nuestros clientes —el Viejo elevó la voz—. El caso es, señores, que ese individuo que ha matado a Fernando representa una amenaza para la casa. Dos millones no es nada —hizo un gesto con la mano—. Nada de nada. El problema es que sabe demasiado y nos amenaza muy directamente.

—Exacto —corroboró el gordo.

—¿Se han hecho averiguaciones con los amigos de Fernando, sus relaciones? —preguntó Raúl.

—Usted nos puede ayudar —dijo el gordo.

—Desde que don Ismael me habló de este asunto, no he dejado de pensar en ello y no he encontrado nada. Fernando nunca dio a entender que nos estaba engañando. Si yo hubiera sabido algo, el Consejo lo sabría también.

—Piénselo —insistió el gordo—. Una frase suelta, una alusión. Cualquier cosa.

—Lo siento, Fernando era un empleado modelo. Nunca tuve ninguna queja de él. A mí me cuesta tanto trabajo como a ustedes figurarme a Fernando como un rufián.

—Lo era y grande —interrumpió el Jefe del Departamento Jurídico y se atusó su cabellera blanca. Era amigo personal del Viejo y el único que no le llamaba de usted—. Según la carta, nos ha estado engañando desde hace dos años y probablemente más. Esto es grave, Ismael. Un escándalo de ese calibre en los periódicos hundiría la casa. Sobre todo con los socialistas en el poder.

—Y la prensa buscando carnaza —dijo el de la pajarita y cruzó los brazos sobre la mesa—. No sé lo que pasaría con una información de ese tipo en su poder.

—¿No puede ser un farol? —Raúl se retrepó y cruzó las piernas—. Los chantajistas suelen hacerlo. Yo lo veo de la siguiente manera: Un atracador amenaza a Fernando, sabe algo de él, pero no mucho. Fernando se asusta y dice cosas, le hace hablar de su trabajo con nosotros. Entonces el tipo lo mata y escribe la carta inventándose una historia sobre Fernando. Supongamos que sea un jugador.

—Puede ser —dijo el gordo, resoplando—. Pero no lo creo. Lea la carta otra vez. Dice cosas de Fernando que sólo nosotros... el Consejo, sabe. Por lo tanto no hay por qué pensar que el resto sea mentira.

—Pero puede ser mentira —insistió Raúl.

—Puede scr cualquier cosa —respondió el gordo.

—No podemos arriesgarnos, Raúl —dijo un hombre seco y arrugado que no había hablado hasta entonces. Su nariz terminaba en una especie de pelota y temblaba de indignación—. Esto nos pasa por haber confiado en personas indignas y perdona, Raúl, pero estoy furioso. El control sobre el personal debe modificarse. A todos los niveles. Es evidente que aquí ha habido exceso de confianza, inadmisible cuando a un hombre se le delega tan importante misión. Tu adjunto no puede haber sido un ladrón sin que tú te enteraras.

—No es fácil distinguir a un rufián —a Raúl se le quebró la voz—. Si no, no existiría la policía. De todas formas, si el Consejo lo estima necesario, presentaré la dimisión.

De nuevo se hizo el silencio. El hombre seco y arrugado cesó de tamborilear la mesa con los dedos. El Viejo habló con su voz dura:

—Eso no arreglaría nada. Y les he convocado para que aporten ideas, no para presentar dimisiones.

—Gracias, don Ismael, pero pongo el cargo a su disposición —el Viejo hizo un gesto negativo con la mano.

—Hay algo que no encaja —dijo entonces el gordo—. Y es la insistencia en los dos millones. ¿Por qué dos millones y no cuarenta? Eso me hace pensar que el sujeto dice la verdad. Puede que Fernando le haya traicionado. Y en ese caso, nos estamos enfrentando con un profesional que ha sido burlado y que hará cualquier cosa por conseguir su dinero. Una vez supe de un tipo que aguardó diez años de cárcel para cumplir una venganza. Cuando salió, lo primero que hizo fue buscar por todo el país a sus dos cómplices. Los mató y se entregó a nosotros. Casos como ésos son corrientes.

—Quiero soluciones —dijo el Viejo.

—No las tenemos, Ismael —dijo el Jefe del Departamento Jurídico—. Nadie las tiene. Mi propuesta es que cuando te llame a las doce, como ha dicho, le exijas garantías de que va a cumplir su palabra respecto a no entregar los documentos a la prensa, ni a hacer ninguna otra jugarreta. Ésta es la única opción que tenemos. Si ese tipo quiere el dinero, tendrá que devolvernos los documentos que le ha robado a Fernando.

—Sí, creo que sí —afirmó el de la pajarita—. Eso es lo mejor. Estoy de acuerdo, Romualdo. Da la impresión de que ese hombre sólo quiere esos dos millones. Si quisiera más, hubiera pedido una cantidad mayor.

—¿Y cómo sabes eso? ¿Cómo sabemos que sólo quiere dos millones? —gritó el que se pellizcaba la cara.

—No lo sabemos —respondió el de la pajarita—. Por eso apoyo la moción de Romualdo. No tenemos otra alternativa.

—¿Beltrán? —preguntó el Viejo.

—Negociar —contestó.

—Yo también —dijo el flaco—. Pero me gustaría insistir en la necesidad de que se modifique el control del personal.

—Este no es un Consejo normal —dijo el Viejo—. Cuando pase todo esto y nos volvamos a reunir, podrás presentar esa moción, Lucas. ¿Raúl?

—No lo sé, francamente. La única solución es transigir. Creo verdaderamente que no podemos arriesgarnos a que envíe los papeles de Fernando a los periódicos.

El gordo resopló.

—No pertenezco al Consejo, pero apoyo la moción general. Es la única que tiene sentido.

—Permanezcan en sus casas por si hay noticias. Gracias por el interés. —El Viejo abandonó su silla—. Caballeros...

Los hombres se levantaron de golpe. Estaban acostumbrados a que el Viejo terminara los Consejos de forma brusca. Uno a uno le fueron dando la mano. Al llegar a Raúl, el Viejo dijo:

—No te preocupes, Raúl. La infamia de Fernando no te ha salpicado.

Sus labios finos apenas si se movieron. Aquella parecía una de las cualidades más notables del Viejo. Hablaba sin mover la boca.

—Gracias, don Ismael —susurró y salió del despacho.

—Usted, Salvador, quédese —le indicó al gordo.

Fuera, en la antesala donde estaba Rosita, todos los hombres sacaron sus paquetes de tabaco y encendieron cigarrillos. La atmósfera se fue llenando de humo azul mientras abandonaban el lugar.

Salvador permaneció en su sillón, levemente encogido, como si le viniera grande el despacho. Sus ojos, ágiles y atentos, de párpados caídos, estaban alertas. El Viejo se movió alrededor de la mesa hasta que se situó frente al responsable de Seguridad. Apoyó las palmas de las manos en el respaldo de uno de los sillones y dijo:

—¿Sabe algo?

—Nada —respondió—. Pero aún no hemos acabado con los papeles de su despacho. Fernando era muy cuidadoso.

—¿Lo han mirado todo?

—Esté tranquilo, son especialistas. Si ellos no encuentran nada, es que no hay nada.

El Viejo se enderezó con un gesto de contrariedad.

—¿Cree que Raúl desconocía los manejos de un subordinado suyo? Mi impresión es que los dos estaban compinchados.

—Sólo tenemos suposiciones. No hay ninguna prueba.

—Usted tiene que encontrarlas.

—No se preocupe. Si hay alguna, la encontraré. Ahora, con su permiso, me gustaría seguir supervisando lo que hacen mis hombres.

—Sí, márchese —el gordo se levantó—. ¿Está conectado el teléfono?

—Sí, don Ismael.

Salvador dio la vuelta a la mesa y caminó despacio hacia la puerta. De pie, la impresión de gordura disminuía. Medía más de un metro ochenta y su pecho semejaba un colchón neumático hinchado. A su lado, el menudo y seco cuerpo del Viejo daba la impresión de una enorme fragilidad.

—No me falle usted también, Salvador. Le tengo estima. Si todo sale como lo hemos pensado, le haré un regalo. Podrá quedarse con esos dos millones. Serán para usted.

Con la mano en el picaporte pareció convertirse

en piedra. Su boca se volvió rígida pero sus ojos brillaron.

Asintió moviendo la cabeza. Abrió la puerta y se despidió, saludando respetuosamente.

Raúl dejó atrás la gasolinera y el puente y enfiló la carretera de La Coruña a ciento veinte. Un conductor a su derecha dio un brusco viraje y tocó furiosamente el claxon. Él sonrió y apretó aún más el acelerador. Las luces eran ráfagas que se perdían en cuanto él las alcanzaba. Su coche era el más potente, el mejor. Quería a su coche, a su Mercedes y el ruido suave y ronroneante que hacía cuando adelantaba y tomaba las curvas.

Estaba contento. Había salido muy bien del Consejo. Todos eran unos estúpidos, incluido el Viejo. ¿Qué sabían? Nada, sólo que Fernando había hecho negocios sin que él lo supiera. ¿Y qué importaba eso ahora? Él era vicepresidente ejecutivo del Banco, miembro del Consejo. Y por eso tenía una cuenta en Suiza, un chalé que costaba no menos de treinta millones, con muebles, cuadros y objetos que valían el doble. Otra casa en Ibiza, un apartamento en Marbella y dos coches. Y si quería podía comprarse otro cuando quisiera. Incluso, sin dinero. Su nombre y su cargo eran un crédito automático. ¿No conseguía mesa en cualquier restaurante? ¿Era o no era Raúl Sandoval?

Soltó una carcajada que retumbó en el coche y pisó el acelerador hasta el fondo. El Mercedes le respondió con suavidad, aumentando el ronroneo.

TRECE

—El pelo blanco —le estaba diciendo la mujer—. No muy alto y con gabardina. Yo estaba en la caseta del transformador y de pronto me lo encontré enfrente cuando Rayo le ladró. Estuvimos hablando un rato y me dijo que estaba buscando la puerta de atrás para pedir trabajo.

Se pasó la sudorosa mano por el pelo y se lo apartó de la frente. Su cara ancha y brutal se contrajo. Estaba sentada muy derecha en el borde de una silla frente a una mesa barata de despacho en la oficina al lado de la Conserjería. Los dos hombres que había en la habitación no despegaron los labios. Uno era flaco, de cara alargada y muy moreno, y vestía un abrigo gris oscuro pasado de moda. Estaba apoyado displicentemente en un armario archivador con los brazos cruzados y aparentemente parecía distraído.

El otro hombre se sentaba en la silla tras la mesa del despacho y estaba elegantemente vestido. Su cara de boca abultada y ojos rasgados como los orientales, demostraba preocupación.

—Es él —dijo el Chino, como si hablara consigo mismo.

La mujer prosiguió:

—Le dije que preguntara por Rodolfo —hizo una pausa—. ¿Me puedo marchar, don Miguel? —preguntó con su voz ronca—. Tengo mucho trabajo.

—Sí, vete —la mujer se levantó de un salto y caminó hasta la puerta. La abrió y en ese momento entró Rodolfo, su marido, que le hizo un vago gesto de saludo. Los dos se quedaron inmóviles—. No le digas nada a nadie, María. ¿De acuerdo?

La mujer se volvió antes de salir.

—Pierda cuidado, don Miguel —cerró la puerta y el que había llegado avanzó unos pasos y se apoyó en la mesa. Estaba muy nervioso.

—No contesta nadie en la habitación, don Miguel.

—¿Está allí seguro?

—Sí, subió con Lola, ya se lo dije. Hace una hora yo mismo le llevé dos botellas de champán. Si hubieran bajado, los hubiera visto, don Miguel, no me he movido del mostrador. Yo creo que siguen arriba.

—Tú no conoces a... —cerró la boca y sonrió—. Pasaría frente a tus narices sin que te dieras cuenta.

Abrió el cajón de la mesa, sacó un Astra del nueve corto y se la entregó al camarero. Éste la cogió como si estuviese fabricada de cristal.

—Vete hasta la cuarta planta y nos cubres. Nosotros vamos a ir a por él a la habitación. Que no suba nadie —sonrió otra vez—. ¿Qué te ocurre?

—Nada —respondió el camarero.

—Ése es un hijo de puta, Rodolfo, un ladrón. Yo lo conozco y sé lo que me digo. Viene a por mí y yo no me voy a quedar de brazos cruzados. Es un ladrón de mierda al que mataremos en legítima defensa porque nos hizo frente. Si te portas bien, te llevarás diez billetes. ¿De acuerdo?

—¿Diez billetes?

—Diez *talegos* como diez soles si ayudas y cierras el pico. Y ahora, vete. Sube en ascensor. Nosotros iremos por la escalera. Y sé un hombre.

El camarero se guardó la pistola en el bolsillo del pantalón y salió rápidamente con la cabeza gacha. El del abrigo gris descruzó los brazos.

—Chakor —dijo el Chino—, tienes que cargártelo ahora, ¿me oyes? Nunca tendremos mejor ocasión. Por la cuenta que les trae, nadie dirá nada. Tenemos suerte.

—¿Qué habitación? —preguntó el llamado Chakor. Su acento era árabe.

—La trescientas cinco, en el piso tercero.

El hombre del abrigo gris oscuro extrajo de la cintura una automática Beretta PK azulada y la armó de un golpe seco y preciso.

Después salieron rápidamente y cruzaron el vestíbulo del hotel. La música de la orquesta sonaba como si fuera lanzada mediante riego por aspersión. Subieron pegados a la pared. Al llegar a la segunda planta, escucharon cómo cesaba el ruido del ascensor.

—Espera —le dijo al árabe—. Deja que ese imbécil salga.

Cuando el ruido de las puertas al abrirse y cerrarse les indicaron que el camarero ya estaba arriba, reanudaron la marcha, subiendo escalones.

El pasillo del tercer piso estaba iluminado por tubos de neón que al reflejarse en la moqueta verde y en las filas de puertas también verdes, producían la sensación de un campo con niebla.

—No hay nadie en ninguna habitación —le susurró a su compañero, y blandió un revólver Magnum 457, nuevo—. Y todas son iguales, tienen un cuarto de baño a la derecha y una ventana que da al jardín.

—¿Balcones? —preguntó el del abrigo en voz baja.

—No.

—¿De qué tipo son las puertas?

—Papel de fumar. ¿Piensas romperla?

—Es la única manera de entrar. Yo la derribaré y usted me cubre.

—De acuerdo. Vamos para allá.

Sus pies no hicieron ruido en la moqueta. El número trescientos cinco, en una placa blanca, resaltaba en la puerta como una mancha de cal en un tapete de billar. El llamado Chakor apretó su Beretta y se situó a tres pasos de la puerta. Su rostro no demostraba la más mínima emoción.

De pronto, arremetió contra la puerta, golpeándola con el hombro. El Chino sujetó el revólver con las dos manos.

La puerta se derrumbó con un enorme chasquido y el sujeto del abrigo gris giró sobre sí mismo y entró en el cuarto con la pistola hacia adelante y tumbado en el suelo.

Había dos botellas de champán en una cubeta plateada colocada sobre la mesa. Pero el Caballista no estaba. No había nadie, excepto Lola, desnuda y atada a la cama con tiras de sábana.

Los dos hombres estaban de pie alrededor de la mujer, que permanecía acostada, tapada con la colcha y fumando un cigarrillo. El del abrigo gris oscuro la miraba con un brillo especial en sus ojos. Lo único que lo sacaba de sus casillas eran las mujeres y sobre todo, mujeres como aquélla: una putita delgada y hermosa. La había visto desnuda y ahora estaba pensando en el pelo ensortijado de su pubis y en sus pechos pequeños y duros de pezones rojos.

—Te has portado bien, Lola —le dijo el Chino—. Cuando te arregles, te puedes ir a casa.

—Es un asesino —dijo la mujer con furia—. Está loco. ¡Dios Santo! Y no hacía más que preguntar por ti, Miguel. Y a mí me quería matar también —apretó los dientes—. Me puso la recortada en la boca y me dijo que...

—Cálmate —dijo el Chino.

—¿Por qué no te mató? —preguntó el del abrigo.

El Chino se volvió.

—¿Qué dices, Chakor?

El aludido no respondió y siguió mirando a la mujer fijamente. Ella se estremeció.

—Una mujer sirve para otras cosas, además de para matarla —contestó con desprecio y luego se dirigió al Chino—: Sabía todo lo referente a ti, Miguel. Quién eras, dónde vivías... Sólo quería matarte.

—Está bien. Ahora vete a tu casa y mañana, si quieres, no vengas.

—Si no trabajo, no como. Volveré al baile en cuanto os marchéis y pueda vestirme.

El Chino soltó una risotada.

—Vámonos, Chakor, tenemos trabajo.

Le empujó suavemente y ambos salieron del cuarto. Rodolfo, el encargado, estaba en el pasillo contemplando la puerta derribada. Llevaba en la mano la Astra.

—Don Miguel —le dijo, tendiéndole la automática—, aquí tiene.

El Chino cogió la pistola y le palmeó la espalda.

—Te has portado bien, Rodolfo. Recuérdame que te dé los diez billetes.

—Gracias, don Miguel. ¿Cómo está Lola?

—No le ha hecho daño.

—¿Quién era?

—Un loco, pero de esto nanay, ¿eh? —hizo un gesto con la mano, cerrándose la boca.

—Sí, señor.

El Chino dio la vuelta y se asomó otra vez a la habitación. El del abrigo gris oscuro le siguió también. Lola estaba de pie colocándose la ropa interior.

—¿Qué pasa? —preguntó sin cubrirse.

El Chino demoró la respuesta.

—¿Qué ocurre? —volvió a preguntar la mujer.

—De esto, chitón —dijo entonces el Chino—. Nada de nada y a nadie. ¿Te enteras? Ni a las zorritas de abajo, ¿de acuerdo? Si no, dejaremos de ser amigos. A ti te gusta mucho hablar.

—Me gusta este sitio y me gusta que seamos amigos. Pierde cuidado... Y dile a ese socio tuyo que se largue. No lo hago gratis con nadie, excepto contigo. Si quiere mirar, que pague.

El Chino soltó una carcajada y se volvió al otro.

—¿Qué te parece, Chakor? —el aludido no respondió, pero sus ojos parecían brasas recorriendo el cuerpo de la mujer. Ella lo sentía como si, en vez de miradas, le pasaran hierros ardiendo. Con movimientos rápidos, terminó de colocarse la ropa interior, recogió su vestido y entró en el cuarto de baño—. Bueno, ya está bien, Chakor —continuó el Chino—, ya la tendrás. Vamos.

Cuando se fueron, Rodolfo pasó a la habitación.

—¡Lola! —llamó.

—¡Qué! —contestó desde el baño.

—¿Estás bien?

—Sí, espérame que salgo.

Se acercó a la cubeta del champán y levantó una de las botellas. La puerta había saltado de sus goznes y estaba apoyada en la pared.

—No se lo ha bebido —murmuró—. Vaya.

Tenía la cara tan blanca y afeitada que parecía la de un niño. El uniforme, la chaquetilla roja y el pantalón negro, lo llevaba impecable. Dejó la botella en la cubeta, se sentó en el colchón y apoyó las manos en la cabeza.

Lola salió del baño maquillada, peinada y sin una arruga en su vestido azul.

—¿Se han ido ya, Rodolfo?

—Sí —contestó éste y levantó la cabeza rápidamente. En su cara había ansiedad—. ¿Cómo te encuentras?

Ella se sentó a su lado en la cama y le acarició la espalda.

—No te preocupes, ya ha pasado todo. Creía que me mataba, pero no iba a por mí. ¿Tienes un cigarrillo?

El hombre se inclinó, sacó un paquete de tabaco y le ofreció. Los dos fumaron.

—Miguel me obligó a subir con una pistola —movió la cabeza. Su mirada parecía perdida, lejana—. Cuando supe que estabas tú con ese loco...

—Quería matar a Miguel, no a mí —le interrumpió—, sólo quería matar a Miguel. Nunca he visto a nadie como ese tío. Se movía despacio y te miraba... te miraba de una forma... ¡Ojalá mate a Miguel! ¡Dios quiera que se cargue a ese cabrón!

—Mujer —le puso la mano en la boca, susurró—: Te pueden oír.

—Que me oigan. Ya no puedo más.

—¿Pero te dijo algo?

—¿Algo? No, no me dijo nada. Era un tío raro, con esa cara seca, como de palo y el pelo blanco. Parecía viejo, pero se le notaba una fuerza así, como rara, que le salía por los ojos... y, no sé, Rodolfo. Me compró champán —señaló las botellas— y fue muy considerado... y... —se mordió los labios y le agarró el brazo al camerero—. Mira, casi me muero del susto, cuando salí del baño. Me estaba apuntando con una recortada que traía en la gabardina, por eso no se la quitaba, ¿sabes?, y me dijo, bueno, no me acuerdo...

—Cálmate, Lola.

La mujer le miró a los ojos.

—Me alegro de que ese hombre quiera matar a Miguel, Rodolfo. Según iba hablándome se me fue quitando el miedo, y... y...

—¿Qué? —le interrumpió el hombre—. ¿Te hizo algo ese loco?

—Me dejó los veinte billetes que me iba a dar por la dormida —soltó una risa nerviosa—. ¿No es un detalle? Y yo le dije dónde vivía el Chino y su amiguito, el Raúl. Sí, se lo dije. Y también le conté lo que me hacía el Chino, porque tú no tienes cojones para... para...

Rompió a llorar sin apenas ruido, como si llorara por dentro. El hombre la apretó contra su hombro y ella se apoyó. Poco a poco el pecho se le fue calmando hasta que dejó de hipar. Así estuvieron durante largos minutos. Ella sintiendo la mano del hombre en su espalda y él sin atreverse a cambiar de postura.

—Un día voy a... —dijo el encargado.

Ella se separó.

—Cállate —respondió con dulzura—, cállate ya. Siempre dices lo mismo.

—No hay trabajo, Lola, no hay trabajo en ningún sitio. Pero yo no quiero que tú sigas con esto.

—Cállate o se lo digo a tu mujer. No empieces otra vez —se levantó y ensayó una nueva risa—. Ya se me ha pasado —se tocó los párpados—. No quiero que se me corra más el rímel. ¿Nos vamos a tirar así toda la noche? Hay que currar, Rodolfo. Vámonos abajo.

—Miguel se ha ido —dijo con desprecio—. Además, abajo están los de siempre.

Lola se detuvo frente a la cubeta del champán y jugueteó con las botellas.

Rodolfo se movió inquieto en la cama. Notaba la línea de sus caderas y las curvas de sus piernas tersas y suaves y pensó de nuevo que aquella mujer era, de lo que había conocido en su vida, lo único que merecía la pena. ¿Pero qué podía hacer él? ¿Marcharse junto a ella? ¿Dónde? Se lo figuraba: a pisos pequeños y malolientes, a pasar hambre y a comenzar otra vez a buscar el único trabajo que sabía hacer, el de camarero. Empezar de cero cuando tenía cuarenta y ocho años y había conseguido llegar a encargado.

—¿Tú crees que devolverán el dinero? —levantó una de las botellas—. Ese hombre ha pagado tres mil por cada una.

—No te lo devolverán.

—Algo, sí.

—Puede.

—Lo que cueste en la tienda y el resto que se lo queden ellos. Las volverán a vender otra vez.

—Iremos a hablar con Tomás. Deja que yo se lo diga.

Se levantó pesadamente. De pronto se sintió cansado, muy cansado.

—Anda —dijo la mujer—. ¿Y si nos las bebiésemos?

—Con un poco de suerte te podrás sacar mil quinientas por cada una.

—Entonces, vámonos, Rodolfo —dijo ella.

CATORCE

El despacho que había ocupado Fernando no era tan grande como el del Viejo y estaba decorado de la forma habitual en que están decorados los despachos de los ejecutivos de los Bancos. Excepto una foto familiar, enmarcada en plata, en la que se veía a Fernando muy sonriente con su esposa, el resto era impersonal.

Cuatro hombres, con la fría metodicidad y seguridad que da el hábito de la policía, lo registraban. Uno de ellos de espaldas grandes y chaqueta más grande aún y con una cara asimétrica que semejaba a un hurón, se sentaba en el sillón del escritorio y sacaba papeles y objetos de los cajones que colocaba con cuidado encima de la mesa. Otros dos, jóvenes y grises, revisaban un archivador de correspondencia, pasándose uno a uno los papeles y anotando nombres en un cuaderno barato. El cuarto, sentado en una esquina del escritorio, parecía enfrascado en un grueso libro bancario. A cada momento movía su fino bigote con un tic, carraspeaba y se llevaba la mano a la sobresaliente nariz.

Salvador permanecía de pie, inmóvil, con una expresión pensativa en su gorda cara.

El que estaba en el escritorio, levantó un papel y se lo mostró.

—¿Has visto esto, Salvador? —preguntó con voz aguda.

—¿Qué es? —respondió el aludido.

—Un trozo de carta. No la terminó.

—Déjame verla.

Se acercó, cogió el papel y lo leyó despacio. Eran sólo dos líneas a máquina, pero había un nombre. No parecía una carta comercial. Se volvió a los que estaban en el archivador.

—Decidme cuántas cartas hay dirigidas a gente que se llamen Miguel.

—¿No tiene el apellido o la razón social?

—Sólo el nombre.

—Miguel... de acuerdo —dijo uno de ellos, prematuramente calvo y con las mandíbulas cuadradas—. Tengo aquí...

—¿Es importante, jefe? —preguntó el del cscritorio.

—Ya veremos —contestó Salvador.

Leyó otra vez aquellas dos líneas: «Miguel, esta mañana me ha llamado alguien que te conoce. Es muy extraño, porque...» Acababa ahí. Sólo eso. Podía no querer decir nada, una carta que no se escribe y se guarda en el cajón.

—Bueno —dijo el de las mandíbulas cuadradras—. De momento tengo dos, pero hay más... esperad un momento.

—Cinco —dijo el otro joven grisáceo—. Hay cinco, pero puede haber más. Todavía no hemos terminado.

—Dámelas —ordenó Salvador.

Escribió rápidamente en un papel del cuaderno, lo arrancó y se lo tendió. Había cinco nombres y ninguno de ellos le decía nada.

—¿Qué, algo? —preguntó de nuevo el que había encontrado la carta.

—Déjame la mesa —le respondió al del escritorio y éstc se levantó, encendiendo un cigarrillo. Era el único que fumaba.

Salvador se sentó y comenzó a discar el teléfono.

—Seguid trabajando —dijo—. Todavía nadie se ha ganado los veinte billetes. ¿Sí? —gritó al teléfono—. Ponme con Lucio, sí, con Lucio. Soy Salvador. No importa dónde esté —aguardó unos instantes tamborileando en la mcsa—. ¿Lucio? Sí, soy yo, Salvador. Escucha, puede que tengamos algo, voy a darte unos nombres y tú me los miras en los archivos... ¡No, ahora mismo! Bajas al sótano y miras en las carpetas. Si Claret te dice algo, le dices que hable conmigo... Perfecto, ahí van, Miguel Valbuena Fernández, otro, Miguel Zapatero Cólon, otro, Miguel Vidal Zacarías, otro más, Juan Miguel Herrero Carvajal y el último, Miguel Timón García. ¿De acuerdo? Coge las carpetas, si las hay, y me llamas directamente desde el archivo. No pierdas el tiempo.

Colgó de golpe.

—Estúpido —gruñó, y comenzó a tamborilerar la mesa con sus gruesos dedos.

El que había estado antes en el escritorio, adelantó su cara de hurón y apuntó al gordo con el cigarrillo encendido.

—Si sacamos algo de esos nombres, los veinte billetes son míos. Que quede claro.

El que estaba revisando el libro bancario, agitó el bigotito y se palpó la nariz.

—Los de Jefatura están ahora agilipollados —dijo.

—Claret ha sido siempre gilipollas —dijo el otro.

—¿Qué Claret? —preguntó uno de los jóvenes grises que tenía la mandíbula cuadrada—. ¿El valenciano?

—No es valenciano —dijo a su vez el del bigotito—. Es de Castellón. Estuve con él en Pamplona en el cincuenta y nueve y sé que es de Castellón.

—En archivos hay un valenciano. Un tío alto, muy gracioso...

—Ése es Resines, pero tampoco es valenciano.

—A los de Castellón se les puede llamar ahora valencianos. Son del Reino de Valencia, de la autonomía ésa —contestó el de la mandíbula cuadrada.

—¡Qué sabrás tú! El que es de Castellón es de Castellón y el que es de Valencia, pues es de Valencia. No te jode.

El compañero del de las mandíbulas, replicó:

—Se puede decir de las dos maneras. Como a los de Madrid, castellanos.

—Vale, lo que digáis —el del bigotito hizo un gesto despectivo con la mano y se arrellanó en el asiento.

Salvador siguió tamborileando la mesa, sin despegar los ojos del teléfono.

—Esto es buscar una aguja en un pajar —dijo el cara de hurón—. Si por lo menos supiésemos qué buscamos. A lo mejor nunca ha escrito cartas comerciales a ese Miguel y eso suponiendo que ese Miguel tenga algo que ver con el rollo.

El gordo dejó de tamborilear en la mesa. Cruzó los brazos sobre el pecho y se echó hacía atrás en el mullido sillón.

—Fernando dejó la carta ésta —la golpeó con la mano abierta— porque algo importante le había pasado. ¿Pero el qué? Probablemente —continuó— que se había enterado de la existencia del tío que está haciendo el chantaje. Antes de ayer, cuando le cortaron el cuello, estaba citado con el chantajista y para citarse tenían que haberse visto o llamado por teléfono.

—Lo pensó mejor y no escribió a su cómplice, ¿eh? —dijo el del bigotito—. Puede que sí.

—Puede —contestó Salvador—. Pero también puede que la escribiera a un amigo, o a su primo.

—¿Cuándo llamará Lucio? —preguntó el cara de hurón.

—Estás impaciente, ¿eh? Ya te ves con los veinte billetes, Santi —dijo el del bigotito.

—Ese imbécil de Lucio —siguió el cara de hurón, llamado Santi—. Seguro que se lo ha dicho a Claret.

—¿Y qué importa que se lo diga a Claret? —masculló el gordo y luego bajó la voz—. Si tarda quiere decir que hay carpetas y las está mirando.

—Se puede fichar a un tío por un accidente de tráfico o una pelea en un bar —dijo el del bigotito—. ¡Joder lo que tarda Lucio!

Salvador gruñó algo ininteligible y sus hombres se decidieron a esperar la llamada de Lucio. Nadie continuó el trabajo.

—Y eso que ahora tienen computadoras —dijo

el llamado Santi y su cara hocicuda y pequeña se contrajo en una sonrisa—. Que si no... Igualito que en mis tiempos.

—Así está la Brigada —dijo a su vez el del tic en el bigote—. De risa.

—Tanta computadora y tanta leche que no sirve para nada —el llamado Santi apagó la colilla en el suelo, aplastándola con el pie. Encendió otro cigarrillo y continuó—: Están convirtiéndonos en nenas. Todas esas cosas no sirven para nada. Ahora, cualquier chorizo de mierda se pone a gritar que quiere un abogado y si no lo traen les acusan de coacción. Para cagarse. Y los tíos se crecen y es lógico. Yo haría lo mismo.

—Ya no eres policía —dijo el del bigotito—. Mejor dicho, ya no lo somos —lanzó una mirada circular al grupo de hombres y sonrió—. Así que da lo mismo.

—Yo no soy policía —dijo el de las mandíbulas cuadradas—. Pero a lo mejor...

—No te admitirán.

—En la Policía Nacional, sí —dijo su compañero—. Don Salvador nos ha dicho que...

—Sí, sí —contestó el gordo—. ¿No podéis callaros?

Los dos jóvenes grisáceos asintieron.

—Ahora examinan de la Constitución en la Escuela, me lo ha dicho mi primo —continuó el llamado Santi—. O sea que con la Constitución se cogen muchos chorizos, ¿eh, Salvador?

Salvador no movió un músculo de su cara. Su mirada estaba fija en algún lugar nebuloso. El llamado Santi se calló de pronto y su silencio opaco y espeso cubrió el despacho que había sido de Fernando. Desde que el Viejo leyó la carta de Silverio, a las once de la mañana, habían estado revisando todos los documentos del departamento de Créditos y después habían pasado al sector de Fernando. Habían leído kilos de anodinas cartas, cuyos encabezamientos y lenguaje eran siempre los mismos, y comprobado una y otra vez sus direcciones y teléfonos.

El propio Jefe de Seguridad había hablado con la esposa de Fernando y, mientras acudía a los ejercicios fúnebres en la iglesia, otros hombres habían colocado micrófonos ocultos en el teléfono y en distintos lugares de la casa.

El resultado no podía ser más desalentador. Cada una de las direcciones y de los teléfonos de Fernando eran de personas fuera de toda sospecha. Sus amistades y familiares eran los normales. Nadie de entre ellos sería capaz de crear una red de correos.

Suspiró ruidosamente y volvió a leer la carta sin terminar. Mecánicamente continuó tamborileando la mesa con sus dedos gruesos como morcillas. Durante algún tiempo sólo se escuchó ese sonido en el cuarto.

El timbre del teléfono sobresaltó a todos.

—¿Lucio? —preguntó Salvador, apretando la boca en el auricular—. ¡Venga, ve diciéndomelos! ¡Qué! —exclamó y tomó un papel y un lápiz y su cara se contrajo—. ¿Estás seguro? ¡Dios Santo, es él, sí! Mano armada, de acuerdo, sigue, sí una buena pieza —los hombres se acercaron a la mesa, espectantes—. Dos veces... ¿dónde? —apuntó algo en el papel—. Complejo El Paraíso, S. A. ¿Te dice algo? A mí no me suena... ¿El Chino?, tampoco, no sería de mi tiempo... Sí, mucho, nos has ayudado mucho... Saca una copia de la foto, estupendo, iremos ahora a por ella. Y no te preocupes, Lucio, don Ismael es muy generoso... No, nadie se enterará, tú prepara la foto. Eso es... —soltó una carcajada—. ¡Eres un tío, Lucio!

Colgó y se levantó de la silla.

—Uno de ellos, Miguel Vidal Zacarías es un chorizo, tiene una ficha de aquí te espero. ¿Alguno de vosotros ha oído hablar de él? Le llaman el Chino. ¿Tú, Santi?

El llamado Santi negó con la cabeza.

—¿El Chino? No. ¿Quién es?

—Ha estado dos veces en el *truyo* por estafa y

proxenetismo... una buena pieza —su cara resplandeció—. Te has ganado los veinte billetes, Santi —se dirigió a los del archivo—: Buscadme toda la correspondencia con ese Miguel Vidal. Te apuesto la paga de un año a que hemos dado con un hueso fino.

—Hay bastante correspondencia con ese tío —dijo el de las mandíbulas cuadradas—. Aparece como presidente del Consejo de Administración de El Paraíso, S. A.

—Fotocopiadme las cartas. Todas.

El gordo volvió a sentarse y se pasó la mano por la frente.

—¿Alguien tiene un cigarrillo? —Santi le tendió uno y el gordo adelantó la cara para que el otro le diera fuego.

—¿No decías que no fumabas?

—Me lo merezco —expulsó el humo—. ¿Tenéis ya las cartas?

—Un momento.

—¿De cuándo es la primera?

—De 1976. Casi todas tienen que ver con créditos. La casa le ha prestado mucho dinero.

—¿Y si no es lo que nosotros pensamos? —dijo el del bigotito.

—Eso lo averiguaremos cuando hablemos con él. Pero todo coincide demasiado bien.

—Alrededor de cuarenta y cinco cartas, don Salvador. La última es de hace tres meses. Se le comunica... —leyó— «que en breve se le enviarán dos letras por importe de tres millones de pesetas». ¿Cuántas fotocopias hago?

—Dos de cada carta.

El de las mandíbulas cuadradas salió del despacho y su compañero terminó de arreglar el fichero.

—¿Nos necesita más, don Salvador? —preguntó.

—No, ayúdale a Julio a hacer las fotocopias. Cuando terminéis os podéis marchar.

—Gracias, don Salvador.

—A final de mes tendréis la prima —Salvador apagó el cigarrillo a medio terminar en un cenicero de cristal tallado.

—Gracias —repitió y salió, cerrando la puerta con cuidado.

El del bigotito volvió a tocarse la nariz.

—¿Estás seguro, Salvador?

—Creo que sí. Hemos pinchado en hueso, Román.

—¿Iremos a por él? —preguntó Santi.

—Sí, pero antes necesito la autorización del Viejo. Y recordad que si terminamos bien este trabajo, hay una paga extra para todos. De modo que a aplicarse.

Discó de nuevo el teléfono, rígido en el mullido sillón anatómico de Fernando.

—¿Rosita? Aquí Salvador, pásame con don Ismael, es muy urgente. Gracias... ¿Don Ismael? Creo que tenemos algo importante. Hemos encontrado en uno de los cajones de Fernando una carta sin terminar, sí, una carta sin terminar y sin enviar, probablemente olvidada. Dice así... —agitó la mano en direción al del bigotito y éste le colocó delante el papel. El gordo leyó— : «Miguel, esta mañana me ha llamado alguien que te conoce. Es muy extraño porque...» Sí, nada más que eso, don Ismael... pero nos hemos puesto a investigar y resulta que hay un tal Miguel Vidal Zacarías, gerente de un complejo turístico llamado El Paraíso, que ha tenido mucha relación con el departamento de créditos... Exacto, alrededor de cuarenta y cinco cartas desde 1976. Pero hay más, don Ismael, el tal Miguel Vidal, es un delincuente fichado desde hace mucho tiempo... sí, efectivamente, dos condenas largas, la primera por atraco a mano armada y la segunda por estafa... contrabando... tráfico de drogas... No, no hay dudas, don Ismael... efectivamente, lo que queremos saber es si Fernando le dirigió a este personaje la carta que no terminó y para eso... claro, claro, naturalmente, pero necesito su autorización... por supuesto, sí... sí... gracias —observó a sus hombres—. De absoluta confianza, don Ismael, son profesionales y muy buenos. No, por ese lado no habrá problemas. Lo haré lo antes posible. Subiré directamente a su despacho. Gracias.

Volvió a colgar. Parecía excitado, muy excitado, pero su voz carecía de expresión.

—Hay que ir a por él. Y esperemos que sea el que buscamos.

—Ésa es labor de la policía, Salvador —dijo el del bigotito—. Ahora soy un miembro del servicio de seguridad de este Banco, ya no estoy en el Cuerpo. ¿Por qué no avisamos a la Brigada? Podemos ir con ellos.

—No obligaré a nadie —miró a Santi—, pero yo iré, aunque sea solo.

—Cuenta conmigo —dijo Santi—. Y no habrá ningún problema. Nos apoya el Viejo —hizo un gesto con el dedo pulgar en dirección el techo.

El del bigotito iba a replicar cuando se abrió la puerta y entró el de las mandíbulas cuadradas con un mazo de papeles en la mano.

—Aquí están, don Salvador —dijo, colocándolo sobre la mesa—. Están clasificadas de la más reciente a la más antigua. No dicen nada de particular, son cartas comerciales, acuse de recibos...

—Está bien, gracias, Julio.

—¿Me necesita para algo más?

—Puede que sí —se volvió al llamado Román—. ¿Vas a venir o no?

El bigotito volvió a temblar. Dudó unos segundos.

—Claro que sí. Vamos para allá —se levantó y el gordo también.

Santi, el cara de hurón, sonrió desde su silla, mirando a su compañero.

—Por fin te has decidido, Román —dijo.

—¿Entonces, don Salvador? —preguntó el de las mandíbulas.

—Nada, márchate —se dirigió a los otros dos, mientras el muchacho cerraba la puerta—. Primero a la DGS a por la foto y la ficha y después a por el pájaro. ¿Listos?

—Cuando quieras, Salvador. Como en los viejos tiempos —dijo Santi.

Los tres salieron con paso decidido.

QUINCE

Marta nunca pensó que pudiera tener tanta ropa que considerara imprescindible. Después de llenar tres maletas aún seguía la cama cubierta con vestidos, pantalones, faldas y blusas, revueltos en un confuso montón multicolor.

Decidió que no podía llevárselo todo de una vez. De momento, penso que lo más práctico sería salir de aquella casa con lo que pudiera transportar ella misma y, más tarde, enviar a alguien que lo recogiera.

¿Podía ella sola con tres maletas? ¿No sería mejor dos?

Recapituló: tendrían que ser dos porque no dejaría que Raúl le ayudara a subirlas al apartamento que acababa de comprarse muy cerca de la Plaza Mayor. No, ella las subiría sola, aunque tuviese que tardar una hora. Podría llamar a Viky y entre las dos subirlas. Si estuviese Viky se podría llevar las tres de un golpe y no volver más al chalé. No quería volver a pisar el mismo suelo que Raúl.

Llevaba una bata rosa de felpa y un pañuelo en la cabeza. Acababa de bañarse, pero volvía a sentirse cansada, como si flotara. Era la sensación que había sufrido durante mucho tiempo y que ella atribuía a «falta de vida». Aquello le hacía caminar, comer, hablar y ver la televisión como si estuviera sonámbula. Era algo parecido a un endurecimiento general de las fibras del cuerpo. Pero, desde que tomó la decisión de separarse definitivamente de Raúl, había experimentado un cambio: le volvía a correr la sangre por las venas y se cansaba menos. Y esta vez sería la definitiva. Se separaría de verdad.

Se sentó en la cama y respiró hondo. Continuó guardando la ropa en la maleta sin fijarse apenas en lo que hacía. ¿Cómo se lo tomaría Raúl cuando se diera cuenta de que ahora iba en serio? La última vez, hace un año, pretendió pegarla. ¿Qué haría ahora? En la iglesia se portó como un idiota, a Raúl le gustaban mucho las escenas.

Terminó la maleta, la cerró y luego la levantó y la arrastró por el suelo hasta un rincón. Terminó jadeando. Se quitó el pañuelo de la cabeza y tomó una decisión: llamaría a Viky, se tomaría un Martini y si Raúl tardaba mucho, se marcharía sin esperarlo.

Bajó las escaleras corriendo. Era la mujer más feliz del mundo. No faltaría a ninguna clase de Bellas Artes y haría lo que quisiese sin pedir permiso a nadie. Era maravilloso sólo pensarlo: volvería a pintar.

Llegó al teléfono y lo descolgó. Antes de discar, gritó:

—¡Isabel, por favor, prepárame un Martini!

Cuando sus dedos terminaron de marcar, aún no había llegado la criada. A la segunda llamada, reconoció la voz grave de Viky.

—Viky, soy yo, Marta —dijo—. Puedes... no, no me pasa nada, aún no ha llegado... no, no, en serio. Esta vez lo hago, ya no lo aguanto más. ¿Quieres que esta noche...? ¡Oh, bueno no importa! No, de verdad. Sí, mañana comeremos juntas, ya te contaré. No lo sé... algo del Banco, el Consejo. ¡Qué me importa a mí! Que sufra, Viky, que sufra. De acuerdo, mañana te llamo. Chao.

Colgó y se volvió esperando a Isabel. Pero Isabel no estaba. Se acordó de pronto. La había despedido con un cheque de cincuenta mil pesetas esa misma tarde, cuando volvió del funeral. La pobre no comprendía que ya no hacía falta. El señor tendría que cambiar de hábitos, tal vez de casa, y ella sobraba.

Le molestó que llorara, pero sobre todo, que pusiese cara de estúpida y que tuviera que opinar sobre la separación. Estuvo a punto de no darle el mes de adelanto pero, en fin, ella era así. Le dio el cheque y se besaron cuando la abrazó al despedirse.

Dio unos pasos de baile en el salón tapizado de blanco y verde y moviendo las caderas se preparó un Martini muy seco. Luego puso un disco de María Betania en el automático y bailó, bailó hasta agotarse.

El espejo le devolvió la imagen de una cara arrebolada. Pero quizá tuviera patas de gallo. Sí, las tenía, no muchas, pero las tenía. Se palpó la nariz y las mejillas y se ahuecó el pelo, corto como el de las pintoras. Aún era hermosa. Los hombres la miraban en las tiendas, en la calle y la tocaban cuando iba en autobús. Se abrió la bata. Tengo los pechos preciosos, pensó, lo mejor que tengo son los pechos.

Se los contempló largo tiempo. Tenía los pechos pequeños, redondos y suaves. Pensó en el apartamento dúplex abuhardillado que le había comprado a una brasileña muy simpática, llamada Mirian, en la Plaza de Pontejos y se vio a sí misma sentada en el sofá hablando con un hombre. Él, ella, música suave y velas y en el piso de arriba, en total desorden, una tela fresca de pintura y el caballete.

Sería una mujer independiente.

Se cerró la bata, bebió de un trago lo que le quedaba en la copa y entonces escuchó el motor de un coche entrando en el garaje. Subió los escalones de dos en dos y buscó la ropa con la que había pensado salir de su casa.

¿Pero dónde estaba su ropa? Soltó una maldición. De ninguna manera quería que Raúl la viera sin vestir. El no tener la ropa puesta le producía inseguridad. ¡Dios Santo, no había manera de encontrar el pantalón de pana negro que había comprado esa misma mañana! ¿Alguien había roto algo en la casa o aquel ruido que había oído era una ilusión?

Se apretó la bata con las dos manos y escuchó.

Lo que había oído era la puerta que comunicaba con el garaje, abajo en la cocina. Sintió pasos en el salón.

—¿Raúl? —gritó—. ¿Eres tú?

De pronto tuvo muchas ganas de que fuera Raúl. De que volviera del Banco como un día normal.

Nadie respondió. La única respuesta fue un sonido opaco y lejano. Comenzó a caminar en dirección a la puerta del dormitorio con la vista fija en la barandilla de la escalera.

Lo primero que vio fue a Raúl que la miraba con cara de alelado. Después, a un individuo alto y moreno con un abrigo gris oscuro y guantes negros que agarraba a su marido del brazo. En la otra mano, el individuo llevaba una pistola.

Gritó, pero fue un grito apagado, de miedo.

—Ca... cariño —balbuceó Raúl.

—No se mueva —dijo el sujeto—. Y no grite. ¿Hay alguien más en la casa?

—No... no —tartamudeó Marta—. ¿Pero...?

—Es un ladrón, querida. No temas —se volvió al hombre con la cara desencajada—. ¿No nos hará daño, verdad? Le daré lo que quiera. Le daré dinero, pero por favor...

El hombre no contestó. Empujó a Raúl y con una mueca helada en la cara comenzó a subir. Ella retrocedió. Era un ladrón, un extraño que entraba en su casa. Aquello le sucedía a otras personas, pero no a ellos. Llegó a la puerta del dormitorio de espaldas y se detuvo. El individuo aquel seguía subiendo las escaleras empujando a Raúl. Ahora alcanzaba el último escalón y caminaba hacia ella, hacia el dormitorio.

Sintió la garganta seca y como si una zarpa le apretara el estómago. ¿Era aquello verdad o un sueño? ¿Había realmente un ladrón con una pistola en su casa?

El arma era azulada, grande y el sujeto la movió.

—Vamos —dijo con voz apagada—, en silencio.

Raúl la cogió de los hombros y abrazados caminaron unos pasos dentro del dormitorio. Nunca había visto a Raúl de esa manera, respiraba entrecortadamente y estaba pálido.

—No te preocupes, querida, no te preocupes —repetía—. No nos hará nada. Quiere dinero, sólo dinero.

—Raúl... Raúl —gimió—. ¿Quién es, pero quién es?

El sujeto estaba en la puerta con su largo abrigo abotonado y sus extraños ojos inmóviles. Llevaba la pistola en la mano pero no apuntaba a nadie.

—¿Hay más de un teléfono en la casa? —preguntó.

—No —balbuceó Raúl—. No. Hay supletorios, pero están conectados con el del salón —respiró hondo—. ¿Cuánto dinero quiere? Aquí sólo tengo...

—¿Jardinero, chófer, otro criado? —volvió a preguntar.

—¿Qué? —respondió Raúl.

El sujeto no repitió la pregunta. Siguió sin moverse, anormalmente tranquilo.

—No —balbuceó Raúl—. Sólo tenemos a Mercedes y por las mañanas...

—¡Mercedes no está! —gritó Marta—. Se ha ido esta tarde. —Sentía que las lágrimas pugnaban por salir de sus ojos, como el agua embalsada en una presa—. ¡Por Dios, qué quiere, qué quiere!

—Bien —habló de nuevo el del abrigo—. Muy bien —paseó los ojos por el cuarto y volvió a fijarlos en la mujer. Ella se dio cuenta entonces que el hombre no había dejado de observarla ni un solo instante, y de pronto tuvo conciencia de que había tenido todo ese tiempo la bata abierta. La cerró con gestos nerviosos y se apretó el vientre con las manos—. El color verde es el que más me gusta —dijo—. Muy bonita la casa.

Raúl se adelantó unos pasos.

—Díganos de una vez qué quiere. Estoy dispuesto a darle lo que pida a condición de que se marche sin hacernos daño.

—¿Qué me ofrece?

Marta sintió un escalofrío y se tambaleó. Se

apoyó en el quicio de la ventana. El corazón le golpeaba de tal manera el pecho que la ahogaba. Sentía los enloquecidos latidos en las sienes, los ojos y la garganta. Soltó un gemido.

—¿Qué me ofrece? —repitió.

—La caja fuerte está abajo —jadeó Raúl—. Debo tener... unas... unas trescientas mil pesetas y algunas joyas. Se lo daré todo, todo. Pero márchese.

Negó con la cabeza y siguió inmóvil.

—No —añadió.

—Dólares —insistió Raúl—. Creo... creo que tengo unos diez mil dólares en la caja... Es más de un millón —ella tuvo la certeza de que Raúl sonreía—. Un millón para usted si se marcha. ¿De acuerdo?

—Un millón —repitió el sujeto y movió la boca en una mueca que podía significar que sonreía—. No está mal... pero no se acerque o lo mato ahora mismo.

Raúl se detuvo en seco y abrió los brazos.

—¡No estoy armado!

—Al rincón —dijo sin mover la pistola, que seguía baja, a lo largo de su muslo, apuntando al suelo—. Póngase en el rincón de cara a la pared.

—¿Pero...? —balbuceó Raúl—. ¿Qué pretende?

El desconocido miró de nuevo a la mujer. Sus pechos debían ser como cerezas y su vientre liso y suave. No era como las mujeres de su tierra o como las que pagaba de vez en cuando. Ésta era una señora auténtica y su marido no se la merecía. ¿Cómo aquel estúpido tenía una mujer como ésa?

Levantó la pistola y colocó el punto de mira de su Beretta en la cabeza de aquel asqueroso.

Raúl retrocedió y se cubrió con las manos.

—¡No, no! —aulló—. ¡Por favor, no!

Cayó de rodillas al suelo y comenzó a gemir. La mujer se abalanzó a su marido y lo tomó de la cabeza. El arma se corrió unos centímetros.

—Al rincón —dijo otra vez—. Levántese.

Raúl alzó los ojos y trabajosamente se puso de pie. La habitación le daba vueltas y tenía la mente en blanco, no podía pensar en nada. Caminó tambaleándose hasta donde le había ordenado aquel tipo. Miró la cama deshecha, cubierta de vestidos y tropezó sin darse cuenta con las maletas. Tuvo miedo de no poderse sostener frente a la pared. Pero hizo un esfuerzo y apoyó la frente en el muro. Se concentró en mantenerse de pie.

El hombre del abrigo gris oscuro se movió lentamente hasta situarse de espaldas a la ventana, frente a la puerta, dominando a ésta y a Raúl.

Marta lo siguió con la mirada. Continuaba apretándose el regazo con las manos, encogida y sin atreverse a mover. Le pareció una eternidad el tiempo que tardó el sujeto en desabotonarse el abrigo. El traje que llevaba debajo era de tela barata a cuadros y la chaqueta era demasiado corta para su talla.

—Quítese la bata —susurró—. Rápido.

Miró a su marido que permanecía cara a la pared. Lloraba. Su espalda se agitaba por los sollozos.

—Raúl —lo llamó—. No te preocupes —se le quebró la voz—. No te preocupes... —se volvió al tipo—. ¿Después nos dejará en paz?

—La bata —dijo, apretando la boca.

—Sí —dijo ella—, sí, espere.

Se la quitó.

—¿Cómo te llamas? —preguntó.

—Mar... Marta.

Éste sí que era un trabajo fácil. Ya tenía el dinero que le había dado el Chino y ahora se divertiría un poco con la mujer. Después los mataría. Mejor dicho, antes haría que el marido le entregase esos dólares que había mencionado. Ése no era su estilo, pero había salido todo demasiado bien. Estaba de suerte. Una mujer de propina junto a diez mil dólares en un solo trabajo. Chakor era un tipo de suerte.

Después de la bata, la mujer se quitó sus diminutas bragas blancas. Hasta él llegó su olor. Era una mujer limpia de piel tersa y suave.

Se desabrochó la bragueta sin dejar de mirarla.

—Ven —dijo.
Ella le hizo caso.
—Sí —balbuceó—, sí.
—Hazlo bien. Si no, os mataré.
—Sí, sí —repitió.
Se arrodilló a su lado, temblaba. Todo su cuerpo temblaba. Sus hermosos hombros temblaban y tenía lágrimas en los ojos. ¿Por qué esta mujer se había cortado el pelo como el de un hombre? Si lo llevase largo, rubio, hasta la cintura, a él le hubiera gustado más. Las mujeres de su tierra no se cortaban el pelo. Cortarse el pelo significaba un castigo. ¿Por qué las occidentales eran tan estúpidas?
La mujer lo miró con ojos suplicantes.
—Por favor —murmuró y tuvo una arcada. La boca se le llenó de bilis y tuvo que hacer esfuerzos para tragársela.
—¿Vas a ser amable conmigo?
—Sí.
—No tengo prisa, ¿sabes? ¿Tienes tú prisa?
—No.
Cuando el Chino le llamó por teléfono y le ofreció tanto dinero, no podía figurarse que terminaría siendo así. La maldita lo sabía hacer, lo hacía muy bien, mejor que las profesionales. ¿Qué le habrían hecho estos dos al Chino? Él nunca se preocupaba de las razones que tenía la gente para contratarlo. A él eso no le importaba. Él se limitaba a cumplir su trabajo y nada más.
Ya estaba terminando, lo sabía. La mujer aquella valía su peso en oro. Lo sentiría cuando le metiese una bala en el cuerpo.
El hombre del abrigo gris comenzó a agitarse con movimientos espasmódicos. De su boca entreabierta salió un corto gemido. Ahora, pensó y cerró los ojos.
Los abrió justo para ver cómo de pronto aparecía una figura humana en la puerta y de ella surgía un trueno horroroso. No le dio tiempo a pensar nada. Sintió un baño de agujas candentes en la cara y en el cuerpo y una fuerza superior a él que lo lan-

zaba contra la pared. Cuando resbaló al suelo, ya estaba muerto.

La mujer sólo escuchó el ruido. Tenía los ojos cerrados con fuerza y el cerebro ocupado en combatir las náuseas y las ganas de vomitar. Cuando miró, vio cómo explotaba el rostro del hombre. Lo que antes había sido boca y nariz era ahora un agujero informe, un colgajo sanguinolento. Los ojos estallaron y la parte superior de la cabeza se desprendió. Dio un grito animal y se arrojó hacia atrás, intentando cubrir su cuerpo desnudo de las salpicaduras de sangre. Empezó a arañarse la piel y a golpearse la carne, al tiempo que pataleaba y se revolcaba por el suelo lanzando gritos.

Raúl se volvió con el ruido y se le heló la sangre en las venas. El cuerpo se le endureció de tal manera que no pudo caminar, mover la cabeza o gritar, hasta que el otro hombre, un sujeto con el pelo blanco, entró en el dormitorio con una escopeta de cañones recortados en la mano. Se acercó a Marta que chillaba en el suelo, se agachó a su lado y la abofeteó en el rostro con fuerza.

Silverio Roca apartó la vista del amasijo pulposo de la cara que antes había sido la de un hombre y se fijó en la automática caída en el suelo. La cogió y la observó con atención. Era una Beretta con un nuevo tipo de silenciador pequeño que no se atornillaba, sino que se encajaba.

Era un arma de poco peso, manejable y precisa y con el cargador completo. Era la de un profesional. Un profesional sin nombre porque no tenía documentación, ni nada que le identificase. Lo único de lo que estaba seguro, a pesar de no poderle reconocer la cara, era de que no se trataba del Chino. Sin embargo, no había hecho el viaje en balde. Ése de ahí, tan bien vestido, era, sin duda, Raúl Sandoval.

Sí, la puta del hotel no le había mentido.

Roca observó a Raúl antes de contestar.

—No, usted no me va a ayudar. Usted hará lo que yo le diga porque no tiene más remedio. Ésa es la diferencia.

Raúl se removió en su asiento. Frente a él, su esposa, vestida con un pantalón vaquero y un grueso jersey, sorbía un té ligero. Estaban en el salón de la casa, Roca en el sofá, con la recortada sobre las piernas y Raúl y su esposa en sendos sillones. Habían preparado té y tila.

—Es una forma de decirlo —contestó Raúl.

—Esta mañana fui a verlo al Banco pero no pude entrar —Roca adelantó la cabeza—. Sólo quería que me diera la dirección del Chino. Pero el no poder hablar con usted complicó un poco las cosas. Ahora ya sé dónde vive el Chino y le necesito a usted para otro asunto. Alégrese de que hubiese venido.

—No me hubiera importado darle la dirección del Chino.

—Eso ahora ya no importa —dijo Roca—. Fernando, su amigo, me habló mucho de usted, pero no le dio tiempo de darme la dirección del Chino.

La mujer observó a su marido y se estremeció.

—¡Dios! ¿Por qué? —balbuceó—. Me cuesta trabajo pensar que Fernando fuera un ladrón.

Roca cerró los ojos y se arrellanó en el sofá, aguardando a que diera la hora de efectuar la llamada. El sofá era mullido, cómodo y el salón grande y elegante. La mujer que tenía enfrente cerró los párpados. Los tranquilizantes le estaban surtiendo efecto.

—Disculpe, nos ha salvado la vida, pero es todo tan horroroso... es como una pesadilla. ¿Estás bien, querida? —Marta abrió los ojos.

—Creo que sí. Me he vuelto más vieja —cambió la voz—; lo que nos ha contado de Fernando ha sido... bueno, era amigo nuestro, pero esa historia de que Fernando y ese Chino... nunca pude imaginar que estas cosas sucedieran de verdad. ¡Dios Santo!

Roca siguió en silencio.

—Me extrañó la actitud del... digo, de Miguel —Raúl habló con la vista baja—, me dijo que ninguno de sus correos era capaz de una cosa así. Le doy mi palabra de que yo no sabía nada de los manejos de Fernando y Miguel. Todo eso era ajeno al Banco —se volvió a su esposa—. ¿Comprendes, querida?

—Ya lo ha dicho —contestó Roca—. Relájese, a mí eso me da igual. Todavía nos queda tiempo para descansar.

—Lo siento.

—Ya les he dicho que no les haré nada, si no me obligan a hacerlo.

—Comprenda, estoy nervioso. Hemos estado muy cerca de la muerte —suspiró—. Traeré algo de beber.

Se levantó y caminó hasta el mueble bar. Roca no le perdió de vista. Se volvió.

—¿Coñac?

—No —dijo Roca—. No quiero nada.

—¿Y tú, Marta?

Negó con la cabeza.

Colocó sobre la mesita una botella de coñac Lepanto y una copa. Vertió licor en ella. Le temblaba la mano.

Raúl se la bebió de un solo trago y volvió a llenarla. Con ella en la mano, regresó a su sitio y se sentó pesadamente.

—¿Cuándo acabará esto? —suspiró.

Una hora, pensó Roca y apretó la recortada. El Chino no se escaparía. Ni metiéndose en el fondo de la tierra se libraría de él.

—Querido, deja la botella. No debes beber —dijo Marta con voz pastosa.

Cuando se inclinó para llenarse otra vez la copa, Raúl la besó en el cabello.

—No te la bebas entera —le dijo—. Quiero dormir, Raúl, dormir.

Roca pensaba en la puta que había dejado atada en la cama, en todo lo que había tenido que hacer porque el imbécil de Fernando no le dijo dónde vivía el Chino. La mujer insistió:

—¿Qué quiere usted de nosotros? Márchese... Raúl, dile que se vaya.

—Ya está bien. No beba más —se dirigió a Raúl. Éste se quedó con la copa en la mano a la altura de la boca.

—¿Cómo ha dicho? Nadie me da órdenes y menos...

—Deje de beber.

—Raúl —dijo la mujer cabeceando—. Por favor, dile que se marche...

Soltó una carcajada de borracho y arrojó el coñac tras él.

—Me olvidé de su escopeta —dijo.

DIECISÉIS

Cuando los tres hombres irrumpieron en el vestíbulo del hotel El Paraíso, al conserje se le demudó la cara. Sin necesidad de que le enseñaran la placa, supo inmediatamente que eran policías. Llevaba años temiendo aquello y rogaba que, al menos, sucediese en el turno de Rodolfo.

Sin poderlo remediar, comenzó a temblar. No era ningún valiente, ni tenía necesidad de serlo. El único requisito de su trabajo era recordar las habitaciones de las chicas para entregarles las llaves correctas y saludar a los clientes habituales por su nombre. Y eso, le reportaba buenas propinas.

El más gordo de los tres hombres le tendió una placa sin decir palabra. Él ni siquiera la miró. Se notaba que era el jefe.

—A sus órdenes, señor Inspector. ¿Ocurre algo? —preguntó el conserje. Se llamaba Matías y había sido legionario, pero la griffa y unas palúdicas que pescó en Larache, le convirtieron en otro hombre hace ya muchos años.

—¿Dónde está tu patrón? —preguntó a su vez el gordo con voz suave—. Queremos verlo.

—¿Se refiere a don Miguel, señor Inspector?

—Miguel Vidal, sí.

Los otros dos policías permanecían de espaldas. Uno vigilaba la puerta y el otro la zona de los ascensores y el cabaret. El único que lo miraba y hablaba con él, era el gordo, el jefe. Apartó los ojos. Le ponía nervioso. Estaba tranquilo, demasiado tranquilo y seguro de sí mismo. Estuvo a punto de decir que él no tenía nada que ver con aquel burdel, pero se contuvo.

Cuando volvió a mirarlo le estaba mostrando una fotografía ampliada con la cara del jefe. No estaba muy favorecido, pero era él, sin duda.

—¿Es éste? —le estaba preguntando.

—Sí, señor Inspector —respondió—. El mismo.

El policía gordo guardó la foto.

—¿Dónde está? —volvió a preguntar.

—Don Miguel es el jefe, sí.

—¿Eres imbécil? —dijo el gordo, sin dejar de mirarlo.

—¿Cómo dice, señor Inspector?

—¿Dónde está? Te pregunto que dónde está.

—Lo llamaré, señor Inspector.

Colocó la mano en el auricular del teléfono y, antes siquiera de ver nada, la mano del gordo, una mano caliente y pesada, le aprisionó la muñeca. Si aquello no le gustó, y casi le causa un paro cardíaco, menos le gustó lo que dijo el gordo a continuación:

—Vas a tener problemas si no nos dices ahora mismo dónde está tu jefe.

¿Por qué no cruzaba el vestíbulo nadie? ¿Por qué en ese momento no aparecía un cliente con una chica? Necesitaba a alguien para calmarse. Pero por más esfuerzos que hacía no lo lograba. El temblor de las piernas lo iba a arrojar al suelo y el Inspector no le soltaba la muñeca.

—¿Qué ocurre? —preguntó uno de los policías, volviéndose a medias.

—Nada, que tenemos aquí a un listo.

—No —balbuceó el conserje—, no... no señor Inspector.

—Por última vez, imbécil. ¿Dónde está tu jefe?

Fue un milagro. Las palabras le salieron una detrás de otra.

—Arriba, señor Inspector. En su planta. Vive arriba en el cuarto piso.

—Muy bien. Sal de ahí.

—¿Cómo?

El gordo bramó. El aire le salió de la nariz y la boca como vapor de una chimenea.

—¡Sal! —gritó.

Tambaleándose levantó la trampilla del mostrador y le sonrió al señor Inspector. Procuró mantenerse firme, como en el ejército. Pero, inopinadamente, el gordo le agarró por los hombros y le empujó hacia el otro policía, que le atenazó con sus manos.

Aquello era demasiado. Aquel policía que le sonreía burlonamente era peor que su jefe. Tenía un ojo más alto que el otro y la cara demasiado pequeña para el tamaño de su cabeza. ¿Y si ahora le registraban y encontraban la griffa en el bolsillo derecho de su chaqueta? ¿Qué diría? Mejor era sincerarse con ellos. La ley agradece siempre esos gestos.

—¿Cómo te llamas, listo? —le preguntaba el policía.

—Ma... Matías, señor agente.

—Llámame Excelencia, idiota.

—Sí, señor Excelencia.

Ahora diría que había estado en el ejército. En la Legión. Que contaran con él.

El arrepentimiento por seguir fumando griffa y bebiendo, en contra de lo que le aconsejaban los médicos y su propia hija, casi le hace llorar.

—Si nos has engañado, prepárate.

—He estado en la Legión —ahora sí que se cuadró—. Cuenten conmigo, cabo Matías Sánchez.

—¡Dios Santo! —exclamó el de los ojos mal puestos—. ¡Está como un cencerro!

Entonces, escuchó un ruido por encima del hombro y vio cómo el inspector gordo, dentro de la Conserjería, arrancaba el cable del teléfono. ¿Actuaba así la policía?

—Vamos ya —dijo el otro, el que miraba a la entrada, tocándose la nariz—. Estamos perdiendo tiempo.

El gordo se dirigió al conserje:

—¿Tiene otra salida la planta de tu jefe?

—¡No señor! —chilló.
—No grites, imbécil.
—Disculpe.
—Entonces, si tu jefe quiere salir, el único camino es coger el ascensor o bajar las escaleras, ¿no?
—Eso es —asintió. Ya le trataban bien. Él era casi uno de ellos. El ejército, la Legión, la policía, todos hermanos. Pensó en aquello—. Todos somos hermanos, señor Inspector.
—¡Eh!
No le gustó la cara que puso el inspector gordo.
—¿Qué estás diciendo? —dijo el de los ojos extraños.
—Ustedes, yo, todos hermanos —repitió—. A sus órdenes.
El gordo lanzó su mano y de pronto el conserje sintió unas tenazas en el cuello. Las tenazas le empujaron hacia los ascensores. Cerró los ojos.
—Está majareta —le escuchó decir al inspector gordo. Luego, abrió los ojos y se puso firme frente a los señores policías—. A los ascensores Santi. Y tú, Román, sube las escaleras. Es en la cuarta planta. Te esperaremos en la tercera.
Cuando se abrió la puerta, el miedo se le convirtió en algo insoportable. Hinchó el pecho, expulsó aire y le sonrió al jefe.
El propio inspector pulsó el botón al tercer piso. No le miraban, observaban las puertas. Si no le temblasen las manos podría sacar la griffa del bolsillo y arrojarla al suelo. Ahora era el momento. ¡No volvería a fumar nunca más!
Metió la mano derecha en el bolsillo y palpó el saquito. El sudor le resbaló por la frente y le cayó en los ojos. Los cerró con fuerza otra vez y lentamente sacó la mano con la bolsa. Ya estaba casi fuera. Respiró hondo. Llegaban al piso segundo. Éste era el momento.
Se le escapó un gemido. El gordo se volvió.
—¿Está con alguien tu jefe? —le preguntó.
—Ahgg —gorjeó.
—¿Te has vuelto loco? —el otro le miró con

atención y él desvió la mirada y observó el techo—. ¿O te lo estás haciendo?

—Los... los ojos —gimió.

Cuando los abrió, los dos policías le clavaban la mirada. No resistió más, la bolsita resbaló de sus manos y golpeó el suelo del ascensor. Sintió el cuerpo invadido de calor y cerró otra vez los ojos con fuerza. Estaba perdido. Le detendrían y a la cárcel. Y no quería estar en la cárcel. Ya había estado en la cárcel cuando joven, en Larache y no quería volver de viejo. No lo resistiría. Además, los médicos no le podrían tratar.

Volvió a gemir y se tambaleó. Su pie derecho pisó la bolsa y fue como si una corriente eléctrica le recorriera el cuerpo. Se enderezó y abrió los ojos.

El ascensor se detuvo y en las manos de los dos policías aparecieron sendas pistolas. Negras y amenazadoras.

Y le estaban mirando. Seguían mirándole.

Sonrió.

—Ya hemos llegado, señor Inspector —dijo y pisó con fuerza la bolsita. Se sintió alegre, casi con ganas de gritar.

El más gordo le adivinó el pensamiento.

—Si abres el pico, aunque sea para estornudar, te dejo seco. ¿Lo has entendido?

Asintió con la cabeza.

El de los ojos mal puestos salió fuera sin ruido. El pie le dolía de apretar la bolsita.

El gordo le empujó y salió también. Dejaron la puerta abierta. Los dos policías miraron hacia arriba.

Vaya día. Primero llegaba un loco y ataba a Lola a la cama y ahora, la policía. Pero la policía no iba contra él, al revés, le llevaban con ellos. Él había sido militar y sabía de eso. Era como uno de ellos.

El otro policía apareció de pronto, moviendo el bigote. No había hecho ruido. También llevaba una pistola en la mano.

Le hubiera gustado que lo vieran su hija y el estúpido de su yerno. Se figuró que, como en una pantalla de televisión, lo estaban viendo ahora. Él con la policía, actuando.

—Sin novedad —dijo el recién llegado en un susurro—. Todo está tranquilo... Parece que no hay nadie en este hotel.

La bolsita de la griffa estaba en el ascensor y nadie miraba al ascensor. Hablaban en voz baja y miraban arriba.

El gordo se acercó y le pegó la boca al oído:

—Vas a subir con nosotros y a llamar a la puerta de tu jefe. Le dices que tienes un paquete para él. Cuando abra te echas a un lado. Repítelo.

—¿Qué? —preguntó con la voz demasiado baja.

—Dios —el de los ojos apretó la boca—. A este tío me lo cargo. Por mi madre.

—Vas a subir con nosotros —comenzó de nuevo el gordo— y llamarás a la puerta y cuando responda tu jefe le dices que le traes un paquete. ¿Lo has entendido?

—Sí, señor Inspector.

—Habla un poco más alto, imbécil y repítelo. Venga, repite lo que vas hacer.

—Subo arriba, a donde el jefe...

—Subimos —cortó el del bigotito—. Iremos todos.

—No lo confundas —dijo el de los ojos mal colocados que parecía enfadado—. Dios Santo.

—Continúa —ordenó el gordo—. Subes a donde tu jefe ¿y entonces?

—Subo a donde mi jefe, bueno, subimos todos y llamamos a la puerta...

—Salvador —dijo el de los ojos—. Déjame que le suelte un tiro en la jeta.

—Maldita sea, callaros —el gordo estaba rojo, congestionado—. Callaros de una vez.

—...y entonces le decimos que le traemos un paquete, un paquete que acaba de llegar.

—Tú eres el del paquete, imbécil —bramó el gordo.

—¿Qué paquete, señor Inspector, por qué...?

El de los ojos dijo algo. Pero el gordo, inexplicablemente, le agarró del cuello y le clavó el caño de la pistola en la garganta. Nunca había visto a nadie tan enfadado. De tan rojo que estaba, parecía estallar.

—La última vez —dijo el gordo y al conserje, entonces le entró verdadero miedo. También el inspector tenía cara de loco—. Tú subirás con nosotros arriba, a donde tu jefe. Subiremos todos —el conserje comenzó a asentir—, pero sólo tú, imbécil, serás el que diga que le traes un paquete que te acaban de entregar. Cuando abra, te retiras. ¿Lo has entendido? Di que lo has entendido o te mato.

—Sí, señor Inspector, lo he entendido desde el principio. Es muy fácil —contestó en un susurro.

El de los ojos soltó una interjección. El gordo retiró la pistola de su garganta. Parecía más tranquilo, pero los ojos le brillaban aún.

—Entonces, andando. Y sin abrir el pico. ¿De acuerdo?

El conserje movió la cabeza de arriba abajo con decisión.

Subieron pegados a la pared, recibiendo las luces del techo que caían sobre ellos como una lluvia de rocío. Se detuvieron al llegar a la puerta. El gordo tomó al conserje del hombro y lo empujó hasta colocarlo frente a ella. Luego, se situó a su lado, sujetando el arma con las dos manos y los otros dos hombres se colocaron delante, agachados.

El gordo tocó el timbre.

El conserje miró la puerta. Nunca había entrado en las habitaciones privadas del jefe, que ocupaban casi la planta entera. La puerta era de madera gruesa, barnizada y tenía una mirilla con herrajes dorados. Siempre le había gustado aquella puerta.

El gordo pulsó el timbre otra vez y casi inmediatamente se escuchó la voz del jefe.

—¿Chakor? —preguntó.

—Yo, don Miguel —contestó el conserje.

—Más fuerte —murmuró el gordo.

—Yo, don Miguel.

—¿Quién? —la voz se hizo más cercana.

—Yo, don Miguel, Matías. Le han traído un paquete.

—¿Qué dices?

El conserje vio cómo se abría la mirilla. Sus ojos querían dirigirse al pie de la puerta, donde estaban los dos hombres agachados, pero sabía que no podía mirar allí. Miró al frente.

—Un paquete urgente, don Miguel.

—¿Dónde está Chakor?

—No lo sé, don Miguel, le han traído un paquete.

—¿Dónde está ese paquete?

Dudó unos segundos. No le habían dicho nada acerca de dónde estaba el paquete.

—Abajo —dijo—. Abra usted un momento.

Los cuatro hombres escucharon cómo se descorrían los cerrojos y la puerta se abría.

Le habían dicho que se apartara cuando abriera, pero se le olvidó. Se quedó quieto, tieso, viendo cómo su jefe abría la boca para decir algo y de pronto, los tres hombres empujaban la puerta, don Miguel era arrojado hacia atrás y entraban de un salto. Fue demasiado rápido para él.

Vio cómo atravesaban el pasillo y se introducían en el salón. El inspector gordo le aplicó la pistola en la cara a su jefe. Después, le empujó contra la pared, le dio la vuelta y le golpeó en la nuca, fuerte, con la culata de su arma. Don Miguel, el jefe, se derrumbó como un saco, resbalando por la pared. El inspector jadeó.

—¿Qué hago ahora? —dijo el conserje.

—¿Eh?... maldita sea —masculló Salvador—. ¿Tú, otra vez?

—A su disposición —se cuadró.

—Quédate en la puerta de guardia y no dejes entrar a nadie. No te muevas hasta que yo te lo diga.

Dio un taconazo y el inspector cerró la puerta. Sus dos hombres se quedaron también dentro. Él no se movería de donde le habían mandado.

—Está solo, jefe. No hay nadie —dijo el del bigotito—. Vaya chabola.

—¿Quién es ese Chakor que ha nombrado? —preguntó Salvador.

El del bigote alzó los hombros. Santi registró con pericia el cuerpo desmadejado del Chino. Llevaba un Magnum 457 en el cinturón. Lo contempló y se lo guardó.

—¿Es él, verdad?

—Sí —contestó Salvador—. Ayudadme a llevarlo.

Lo arrastraron hasta un sofá blanco, circular, que rodeaba un amplio ventanal redondo que daba a una terraza cubierta de vegetación. El salón estaba decorado en tonos blancos y negros y apenas si había muebles en él. Fuera del sofá, de un mueble bar en una de las esquinas y de una mesa de cristal y patas retorcidas, ya no había nada más. El resto eran cuadros con muchos colores, esculturas abstractas y alfombras blancas de lana sobre una moqueta negra.

El Chino gimió y se movió. La bonita tapicería del sofá estaba manchándose de sangre.

Se incorporó y se sentó. Sus ojos parpadearon cuando vio a los tres hombres apuntándole con automáticas. Se palpó la herida en la cabeza y observó su mano manchada de sangre.

—No tenemos mucho tiempo —le dijo Salvador—. Ahora vas a ponerte a charlar con nosotros, Chino.

—¿Quiénes son ustedes? —preguntó. No parecía nervioso.

—Vas a contarnos tu vida con Fernando —dijo Salvador—. Eso para empezar.

—Todavía no me han dicho quiénes son ustedes.

La pierna de Santi salió disparada a su pecho. Se escuchó un ruido sordo y el hombre lanzó un apagado gemido y se inclinó hacia adelante. Sin apenas moverse, Santi le volvió a golpear en el oído derecho con el puño y después, cuando osciló hacia el otro lado, le lanzó un corto al cuello.

El Chino se deslizó a la alfombra, encogido. Nadie dijo nada. Estuvo así unos segundos, sin moverse y sin quejarse. Salvador miró el reloj y le golpeó con el pie, sin fuerza, en el costado.

—Levántate, Chino, o no lo cuentas.

—Basta —dijo desde el suelo—. ¿Policía?

—Como si lo fuéramos —contestó Román y volvió a tocarse la nariz.

Se levantó con agilidad y se recompuso la chaqueta.

—No hace falta ponerse así —dijo—. Sé cuando he perdido. ¿Qué me darán a cambio si hablo?

—No estás en condiciones de imponer nada, Chino.

—El Banco, son ustedes hombres del Banco —intentó sonreír—. Mucho mejor. Creía que eran de la policía.

Santi, el de los ojos asimétricos y cara de hurón, soltó una risita. El Chino continuó:

—¿Ha sido Raúl, verdad? Creo que lo he subestimado. ¿Alguien tiene un cigarrillo?

Román le dio uno de los suyos y se lo encendió. Salvador volvió a mirar el reloj.

—Nos vamos a entender. No es mucho lo que queremos.

—De acuerdo —dijo el Chino—. He perdido.

—Pero vas a vivir —dijo Salvador—. Eso es bastante... siempre que colabores.

El Chino extendió los brazos, hizo una mueca de resignación con la boca y las rendijas de sus ojos se hicieron más estrechas.

—Colaboraré. ¿Qué quiere saber ese Viejo chocho de don Ismael?

DIECISIETE

El Viejo giró el sillón y contempló la noche a través de los grandes ventanales de su despacho. Las luces de los edificios y los faros parpadeantes de los vehículos se destacaban abajo en la calle como luciérnagas. Hasta él no llegaba ningún ruido del tráfico, ningún rumor de la ciudad que palpitaba en silencio como un enorme vientre.

Era viejo, un anciano sin hijos al que vigilaban los médicos como un relojero meticuloso repasa su cronómetro. Pero de él nunca se había reído nadie. Y, ahora, no lo iba a hacer un pobre ratero del tres al cuarto.

Trató de pensar intensamente en el hombre que había matado a Fernando. ¿Qué estaría haciendo ahora? ¿Sería joven y fuerte o era viejo como él?

Sin duda, era listo y tenía experiencia, eso lo intuía. Además, poseía algo que él valoraba mucho: los arrestos. Y carecía de miedo.

Su olfato le decía que el Banco estaba en peligro. Que ahora, en estos tiempos, la prensa podía desencadenar una campaña de desprestigio de proporciones incalculables y que sacarían fuera otras muchas cosas: financiaciones encubiertas, auditorías mal hechas, apoyos financieros a grupos políticos ultras, préstamos a países como Chile y Argentina e incumplimiento de leyes fiscales. Y con un gobierno de jóvenes recién llegados, con ideas peregrinas sobre cómo se gobierna un país como éste, la bomba de la prensa serviría para desencadenar otras bombas. La competencia, a través de su propia prensa, se arrojaría sobre su Banco como buitres cuando ventean carroña.

¿Debería darle los dos millones a ese ratero? Una parte de él mismo le decía que sí, pero otra le decía que no. Cuando él era un niño se había criado escuchando las burlas e imprecaciones que su padre y su abuelo dedicaban a los inspectores y funcionarios que aceptaban sobornos. Eran despreciados, pero necesarios, y aprendió, desde muy pronto, que el dinero es el único motor que hay que saber conducir. Dos millones a cambio de silencio no era nada. Lo que quería era que se lo pidiera, que se lo suplicara. Vencerlo, no ser vencido. Un ratero no podría ganarle nunca. Eso no. Lo haría desaparecer del mapa.

Se levantó despacio del sillón y caminó hasta una puerta disimulada entre los paneles de madera y la abrió. Penetró en un lujoso cuarto de baño alicatado de azul que era también un minihospital completo y se observó en el espejo ovalado de marco negro. No le temblaba la boca, ni tenía los ojos turbios como su padre. Tampoco estaba muerto, ni impedido.

Giró el pomo de un pequeño armario situado a la derecha del espejo y sacó un frasco, lo destapó y se tragó dos pastillas de color rosa. En el grifo del lavabo bebió agua directamente, aplicando la boca.

Regresó al sillón y pulsó el interruptor. La comunicación se produjo inmediatamente.

—¿Don Ismael? —preguntó Rosi, su secretaria.

—¿Ha vuelto Salvador?

—No, don Ismael.

Disimuló un gesto de desagrado.

—¿Están las líneas abiertas?

—Sí, don Ismael y hay un hombre de don Salvador en la centralita.

—Póngame con ese hombre.

—En seguida, don Ismael.

Unos segundos más tarde se encendió con un

zumbido otra de las lucecitas rojas del interfono. Una voz retumbó en el aparato.

—A sus órdenes, don Ismael.

—¿Está todo listo?

—Sí, señor. Grabaremos la conversación y si usted lo mantiene hablando aunque sea un minuto, sabremos de dónde llama —carraspeó—. Don Salvador me ha dejado instrucciones precisas, don Ismael —se hizo un silencio—. ¿Alguna otra cosa, don Ismael?

—Dígale al Director de Seguridad que me vea en cuanto llegue.

—Sí, señor. Se lo diré.

Cortó el interruptor sin despedirse y se retrepó en el sillón. Su huesudo dedo volvió a apretar otro de los botones del interfono y, esta vez, la secretaria abrió la puerta y en silencio recorrió unos metros.

Vestía un traje sastre de un solo tono de azul y cruzaba los brazos sobre su opulento pecho. Su cara redonda, sin sombra de maquillaje, se distendió en una tenue sonrisa. Parecía una mujer limpia y lo era y si fuera más delgada y más joven, podría pasar por bella. Todo eso lo sabía, además de saber que era lista y cauta. Prácticamente sabía todo sobre sí misma y aquello era una ventaja.

—¿Don Ismael?

—Cierre la puerta —la mujer inclinó la cabeza, retrocedió unos pasos y obedeció al Viejo. Más allá, antes de entrar en la planta, había una garita de cristal a prueba de balas y un vigilante jurado dentro. Para entrar en la zona privada del Viejo, el guarda tenía que apretar un botón que accionaba una puerta y el permiso lo daba ella. Cuando cerró, se volvió al Viejo y éste continuó—: ¿Por qué no te vas a casa, Rosi?

Llevaba veinticinco años con el Viejo y había conocido muchos despachos. Negó con la cabeza.

—Me quedaré aquí hasta que esto termine.

—Puede durar mucho, Rosi.

—No importa, don Ismael.

El Viejo habló mirando los ventanales:

—Si todos fueran como tú...

—Estaré aquí hasta que usted diga.

—...pero, no. No pueden ser como tú.

—¿Se encuentra bien, don Ismael?

La miró de pronto y alzó una ceja.

—Sí —respondió con firmeza.

—¿Quiere que le dé unos masajes?

—No hace falta —titubeó.

—Sí, se los daré, don Ismael.

—Bueno —dijo con voz ronca—. De acuerdo, tus masajes en la espalda me dejan nuevo, pero no quisiera...

Era siempre lo mismo. Siempre igual. Avanzó un poco más, se quitó la chaquetilla, la dobló con cuidado y la dejó sobre la mesa. Sus pechos parecían estallar bajo la blusa blanca. Dio la vuelta y se situó detrás del Viejo.

—Cierre los ojos —le dijo.

Los dedos de la mujer le accionaron las sienes, dando vueltas, suavemente.

—Mejor en el sofá —dijo ella—. En seguida volverá a estar bien. —Se levantó, le quitó la chaqueta y lo condujo, como si fuera un niño, al enorme sofá que cubría uno de los rincones. El Viejo se quitó los zapatos y se tumbó boca abajo. Sus ojos, brillantes y húmedos, se fijaron en la tabla del siglo XV.

La mujer se levantó las faldas más arriba de la cintura. Sus bragas eran diminutas y sus medias acababan justo a la mitad de sus gruesos muslos.

Se sentó sobre los pequeños y duros glúteos del Viejo, como si cabalgara, y comenzó a mover la pelvis rítmicamente. Al tiempo, sus manos le masajeaban la espalda y los hombros con lentitud. De vez en cuando, apretaba los muslos con fuerza y luego, continuaba con los balanceos.

El Viejo ronroneaba como una vieja gallina feliz.

Mientras seguía en su vaivén, Salvador se saltaba discos en la calle de Alcalá. Su rostro estaba tenso y su mirada parecía lejana, pero sorteaba vehículos con habilidad. Se había entretenido demasiado con el Chino, pero había merecido la pena. Sabía prácticamente todo acerca del chantajista.

DIECIOCHO

—Se llama Silverio Roca —le dijo al Viejo, señalándole la foto—. Y hace tres días salió de la cárcel... Ha cumplido tres condenas, una en 1943 de diez meses por robar en una panadería, otra en 1965 por atraco a mano armada y la tercera, de dos años, por reincidencia, falsificación de documentos y paso ilegal de frontera. Está considerado como conductor, es decir, el atracador que lleva el coche en los atracos y contrabandista. Es buen mecánico, soltero, sin familia y este año cumplirá cuarenta y nueve años.

Se calló de pronto. Quería fumar, necesitaba un cigarrillo, pero sabía que en presencia del Viejo no se podía fumar. Se agitó inquieto. Eran las once menos cuarto en el reloj electrónico que descansaba sobre la mesa y, dentro de poco más de una hora, ese tal Roca, llamaría por teléfono. Antes, quería comer algo, fumar, lavarse las manos. Había sudado demasiado.

¿Qué quería ver el Viejo en la foto? Llevaba cinco minutos observándola como si en los pliegues de la boca o en las arrugas de la cara de ese chantajista, pudiera encontrar algo.

El silencio se hizo demasiado espeso.

—Parece que se ha volatizado —dijo otra vez Salvador—. Ese Chino nos ha dado las direcciones que solía frecuentar, bares, cabarets... pero nadie sabe nada de él. Al parecer —continuó— el Chino piensa que ese sujeto lo está buscando para matarle. No sabía nada de que había estado en la cárcel. Pensaba que había muerto.

—Así que le traicionó —dijo al fin el Viejo y continuó observando la fotografía. Parecía contento—. De modo que era eso.

—Por lo menos es lo que hemos logrado sacarle.

El Viejo dejó la fotografía sobre la mesa.

—Hay que pagar las deudas. Todas. ¿No le parece, Salvador?

—Sí —contestó.

—¿Por qué ha subido a dos millones? Le debían medio millón, ¿no?

—No lo sé.

—Debe haber una razón.

—Una muy sencilla, quiere dinero.

—¿Y por qué no veinte millones? Usted puso en el informe que el hecho de pedir solamente dos millones le parecía extraño. ¿No lo cree ahora así?

—Yo no creo nada. He sido policía toda mi vida, don Ismael y estoy acostumbrado a que la gente haga cosas extrañas.

—Sí, se hacen cosas extrañas —afirmó el Viejo y su rostro reflejó intensidad pensativa. Los numeritos rojos del reloj electrónico seguían moviéndose sin cesar.

—Si el Chino le traicionó —añadió Salvador—, puede que considere dos millones como el pago de los años de cárcel.

—Exacto —dijo el Viejo—. Dos millones y su muerte.

Volvió a removerse en la silla.

—Eso parece, porque el Chino teme por su vida. Está convencido de que ese Roca lo quiere matar. Ya ha matado a Fernando y puede matar a cualquier otro, don Ismael. El Chino nos ha pedido protección.

—Eso es —dijo el Viejo como si pensara en voz alta—. Le pide dos millones al Banco porque Fernando y ese Chino trabajan con el Banco. Pero ésa es una parte de la deuda, la otra es la vida de quien le traicionó. Muy lógico, en el fondo tiene razón. Si a nosotros nos traicionan, engañan o estafan, tenemos a la policía y los tribunales. ¿Pero y ellos, Salvador, qué tienen? ¿Me lo quiere decir? Yo se lo diré: nada. No tienen nada. Por eso se toman la justicia por su mano. Este hombre —golpeó la foto con el puño— es su propia policía. Pero no podemos consentirlo —continuó—. Sería la selva. No lo consentiremos de ninguna manera. Aunque de todas formas, le debemos algo, ¿no cree, Salvador? Gracias a él hemos descubierto lo que pasaba en nuestro Departamento General de Créditos. Le debemos un favor.

—Haré lo que usted me diga —contestó con voz ronca.

—¿Cuándo estará lista la relación del Chino?

—Mis hombres deben estar ahora con él, copiándola. Aguardan que yo les llame —dijo secamente y añadió—: Permítame insistirle en que ese hombre nos ha pedido protección y garantías. Es mejor tenerle de nuestro lado que no en contra. Sabe mucho, quizá demasiado y nos lo ha dicho todo. Yo le he dado mi palabra de que no le ocurrirá nada.

—Es mejor tener amigos que enemigos, Salvador. Ésa ha sido siempre mi máxima, pero ese tal Chino, o como se llame, sabe demasiado, tal como has dicho. Él sí que podría chantajearnos cuando quisiera.

Apretó la boca en su gorda cara. Los numeritos rojos del reloj se acercaban a las once.

DIECINUEVE

La mujer dormía encogida en el sillón con la cara vuelta hacia arriba, sin expresión, y con la flaccidez de un muñeco. El coñac y los somníferos habían surtido efecto. Su marido, sentado a su lado en el sillón próximo, la observaba con atención, sumido en un hondo mutismo y fumando cigarrillo tras cigarrillo.

Las cortinas permanecían corridas y una pequeña luz indirecta les iluminaba apenas. Parecía una callada y tranquila reunión familiar, pero, el otro hombre, sentado en el sofá con una escopeta recortada entre sus piernas, rompía la imagen hogareña.

Silverio Roca pensaba en el Chino y acariciaba la recortada con movimientos involuntarios como se acaricia a un animal pequeño. Su reloj de pulsera marcaba las once treinta y cinco minutos y los automóviles, que barrían con sus luces la fachada del chalé, eran cada vez más espaciados.

Estaba acostumbrado a esperar, a que los minutos sucediesen a las horas y las horas a los días. En aquel salón tan cálido, adornado con cuadros, muebles cómodos y lujosos y alfombras espesas, se estaba mejor que en su celda y, sin embargo, a él le daba lo mismo. Igual podía haber estado en el banco de un parque.

Arriba, en el dormitorio de la mujer, había un cadáver desconocido. Ya estaría tieso como un palo, frío y de color exangüe, como están los muertos.

Por un momento, al abrir la puerta y accionar los gatillos de la escopeta, pensó que podría tratarse del Chino, pero era sólo un pistolero con un encargo muy preciso: matar a Raúl y a su mujer. El Chino era listo, muy listo y el intento de eliminar a aquellos dos demostraba que tenía miedo a ser descubierto y, sobre todo, que estaba sobre aviso. Sabía que lo buscaban.

—¿Cuándo conoció al Chino? —dijo de pronto.

Raúl Sandoval se sobresaltó.

—¿El Chino?

—Sí.

—Ya se lo dije. Hace unos cuatro años me lo presentó Fernando. ¡Ojalá no lo hubiera conocido nunca!

—Quiero saber la relación que había entre usted y el Chino, si como dice no estaba enterado de la red de correos.

—No, no sabía nada. Se lo juro —se pasó la mano por la boca y contempló a su mujer, como si apelara a su mudo testimonio. Bajó la voz—: Usted sabrá que muchas veces se necesitan secretarias, azafatas o acompañantes para clientes importantes. Es habitual, todo el mundo lo hace, ¿sabe? Bueno, pues Fernando, a través de ese Chino, era el encargado de proporcionar las chicas. Mi relación con él era muy tangencial. Sabía que... cuando hacía falta ese tipo de servicio era el Chino, o sea, Miguel quien nos lo proporcionaba.

—Un servicio muy útil, señor Sandoval. Probablemente usted también se ha beneficiado de él. Dígame, ¿no ha oído hablar nunca de una agencia matrimonial llamada Nueva Vida?

Raúl no contestó.

—Allí hay chicas jóvenes y muy guapas. Estoy seguro que usted ha conocido a una llamada Conchita. Era muy hermosa... y con muchas ganas de tener dinero. ¿No la conoció usted, señor Sandoval?

—Cállese, por favor, se lo ruego. Ya no puedo más —suplicó—. Esto es como una pesadilla. No me atosigue. Hemos estado a punto de morir asesinados y usted me...

Raúl Sandoval se pasó las manos por la cara.

La descarga nerviosa le enturbiaba la mente. ¿Qué deseaba de ellos ese hombre extraño que los había salvado de morir, pero que los tenía prisioneros? Había dicho que tenía que ayudarle. Pero él había sido el asesino de Fernando, el que chantajeaba al Banco con los dos millones y estaba sentado ahí, en su sofá, aguardando que dieran las doce para llamar a don Ismael.

¿Qué podría hacer para que se fuera? Nada, estaba atrapado. Y arriba, en el dormitorio de Marta, había otro hombre con la cabeza destrozada y su sangre esparcida por todos lados. ¡Dios Santo, nunca podría explicar ese embrollo! Era como un mal sueño. Un sueño de espanto y horror que les había sucedido a ellos y no a otras personas. Veinticuatro horas antes, él mismo se había tomado un Martini en ese mismo sofá sin saber lo que iba a ocurrirle después.

Gimió sordamente. No tenía escapatoria. Habría que esperar. Sólo esperar.

—Intente descansar —le dijo entonces el hombre de la escopeta, con una extraña luz en los ojos—. Yo le avisaré cuando llegue el momento.

Raúl estiró las piernas, recostó la cabeza en el respaldo de su sillón y acarició a su mujer cuando ésta, en medio de una pesadilla, se agitó.

Silverio Roca parecía tener los ojos fijos en los grandes ventanales pero en realidad estaba haciendo esfuerzos para tranquilizarse. El odio había vuelto a cegarle. Había estado a punto de matar a aquel cerdo bien vestido y estúpido de Raúl Sandoval y si lo hubiera hecho, ahora tendría que estar pensando en otro plan para recuperar su dinero y acabar con el Chino.

Se sentía mejor. Ya estaba relajado. Cuando se excitaba le dolía la cicatriz de la cabeza que le tapaba el pelo. Era como si un hierro al rojo le atravesase el cerebro en latidos cada vez más dolorosos. Cuando se tranquilizaba, las punzadas continuaban, pero el dolor disminuía. Ahora lo podía soportar, pero antes no. Antes, cuando le llegaban los dolores, los médicos del hospital de la prisión tenían que inyectarle para que se calmara.

El tratamiento duró largos meses. Primero en Francia y después en España. Mejor dicho, en el pabellón psiquiátrico de la cárcel de Carabanchel, peor que el mismo infierno.

Había pasado dos años, cuatro meses y tres días rumiando sin cesar la traición del Chino y de Conchi y la forma en que acabaría con ellos. No importaba el precio ni el tiempo que tardase. Por eso, durante los interrogatorios a los que le sometió en primer lugar la policía francesa y más tarde la española, nunca dejó de decir que los disparos se debieron a un desconocido, a un ladrón.

Si no hubiese tenido esa larga ficha policíaca, sus palabras hubiesen sido creídas. Pero había pasado la frontera con documentación falsa y Silverio Roca estaba fichado como atracador y conductor, de modo que no se lo creyeron. Tuvo que insistir una y otra vez hasta que se cansaron y lo enviaron a España. La acusación fue paso ilegal de frontera con la suposición, que no pudo demostrarse, de contrabando.

La condena fue de dos años de cárcel por reincidencia notoria y peligrosidad social. Fueron dos años, día a día, noche tras noche, que cumplió entre la Séptima Galería de Carabanchel y el Hospital Psiquiátrico. Seiscientos cincuenta días pensando en matar y portándose como un preso modelo. Hasta que salió.

Dos años, cuatro meses y tres días antes, el Chino le entregó la documentación falsa, el mapa de carretera y el coche con el que tenía que pasar la frontera. Estaban en el aparcamiento subterráneo de la Plaza de los Mostenses, y el Chino se mostraba alegre.

—Esto está chupado, Silverio —le dijo entonces—. Pasa la Aduana entre las dos y las tres de la tarde, cuando haya más gente —le palmeó la espalda—. Tú ya sabes, la pasta más fácil de tu vida. ¿Qué tal, Silverio, contento?

El coche parecía bueno, un Renault DS celeste con matrícula de Barcelona y el carnet de identidad perfecto.

—¿Qué es lo que lleva este coche? —preguntó Roca.

—Eso no te interesa, Silverio. Tú lo pasas y se acabó.

—¿*Caballo,* coca? —insistió.

—No te interesa.

—Anoche estuve viendo al tipo que me dio el adelanto, tu jefe. Se llama Fernando y es un bocazas. Estaba divirtiéndose en aquel bar. Este asunto lo sabe demasiada gente que le gusta hablar. Conchita también lo sabe.

Recuerda que el Chino palideció intensamente.

—Tú sí que eres un bocazas. Hemos hecho ese viaje muchas veces y nunca ha pasado nada —estaba rabioso—. Y recuérdalo, Silverio, si lo haces tú es porque nuestro conductor está enfermo y yo tengo la pierna mala —se golpeó el muslo—. ¡Me cago en la mar! ¿Eres un profesional, o no?

Roca puso en marcha el motor y el Chino se bajó del coche. Antes de salir, le dijo:

—Recuerda las horas.

Lo vio con el traje negro, ceñido y el bastón, perderse en el espejo retrovisor.

La cita había sido precisada en el mapa: a la salida de un pueblecido francés, en un albergue llamado L'Alsacie entre las siete y las ocho de la noche. Tenía que aparcar el coche en la explanada del albergue y sentarse en una de las mesas del salón. Allí aguardaría al contacto que traería su dinero. La contraseña era preguntar si vendía el DS azul. Si él contestaba que sí, no habría problemas y entregaría las llaves a cambio de medio millón de pesetas. Probablemente, antes de entregar el dinero, el contacto comprobaría el estado de la mercancía. De todas formas, un trabajo rápido y seguro. Sin problemas.

Sabía dónde se pueden esconder cosas en un coche, en las ruedas, entre las puertas, en el depósito de la gasolina, bajo los asientos... esta vez sería en un lugar fácil, donde el contacto pudiera comprobarlo rápidamente.

Estaba casi seguro de que se trataba de heroína. Solían empaquetarla en saquitos herméticamente cerrados de cien gramos cada uno que, convenientemente adulterada y distribuida, podrían valer entre dos y cuatro millones de pesetas. Y un kilo, alrededor de treinta millones. Diez saquitos. Diez pequeños bultos que se pueden disimular en un coche de tal forma que nadie, excepto un experto, puede descubrirlos.

A él le daba lo mismo. Dinero, heroína, penicilina o medias de nilón. De todo eso había transportado, además de otras muchas cosas de las que no había sabido nada. Un conductor se contrata para que mantenga la boca cerrada, no meta las narices y cumpla su trabajo a la perfección.

Un trabajo que vale medio millón es un trabajo con heroína. Nadie paga tanto si no es heroína o divisas. Incluso podían ser las dos cosas.

El viaje fue bueno. Hacía un tiempo magnífico en aquellos días a comienzo de septiembre y el coche respondía muy bien.

Llegó a Figueras mucho antes de lo previsto y se entretuvo una hora en un bar del camino hasta que a las dos menos cuarto se introdujo en el río de automóviles, camiones y roulottes que se dirigían a Le Perthús.

Cruzó la frontera sin ninguna incomodidad junto a los turistas bronceados que regresaban de sus vacaciones. El guardia civil apenas si le dirigió una distraída mirada a su carnet de identidad falso. Y el gendarme francés hizo lo mismo.

Entró en Francia en caravana y hasta dos horas después siguió de la misma forma. El pueblecito se llamaba Cirac Sur Mer y se encontraba en una desviación lateral de la ruta, hacia la Costa Azul, a veinte kilómetros de Marsella. En el mapa de carretera que le había entregado el Chino, estaba señalado con un círculo rojo.

Entró en el pueblo a las siete de la tarde y lo atravesó a media marcha. Llevaba retraso y el cielo estaba cubierto por pesadas y plúmbeas nubes achocolatadas. La tarde se acababa y los campesinos volvían a sus casas conduciendo sus tractores o sus bicicletas.

Vio la desviación al albergue. Era un camino en cuesta, muy escarpado y bordeado de pinos que ascendía hasta un monte. El Renault subió la pendiente ligero, como si tuviera prisa en llegar.

Se sorprendió al ver cerrado el albergue. Estaba en una explanada en la falda de un recodo rodeado de vegetación. Era una edificación de tres plantas con un porche de madera y los tejados cortados a pico. Las ventanas cerradas tenían un corazoncito grabado.

Aparcó frente al hotel sin desconectar el motor y miró el reloj: las siete y veinte minutos. No se veía a nadie. En una operación tan medida como aquella, un fallo así parecía imposible. Abrió la puerta y salió fuera. Aspiró aire del monte que se iba cubriendo de negro y estiró los brazos.

Tampoco se escuchaba nada. Ni piar de pájaros. Sólo el rumor de las copas de los pinos al ser sacudidas por el suave viento.

De pronto creyó oír algo entre el ronroneo del motor de su coche y el siseo de los pinos. El ruido se fue acercando hasta que se hizo audible. Era un coche que subía la cuesta. Roca se apoyó en el capó caliente del Renault y aguardó verlo aparecer por el camino.

Era un jeep verde, grande y pesado, cuyas enormes ruedas aplastaron la tierra en su dirección.

La cabeza del Chino se asomó entonces por la ventanilla del asiento delantero. Fugazmente observó también el poblado bigote negro del conductor.

El Chino le sonrió cuando el jeep se colocó a su lado.

—¿Alguna novedad, Silverio? —le preguntó.

—Ninguna. ¿Qué significa esto? ¿Qué haces tú aquí?

—Siempre ha estado abierto el albergue en esta época del año. Bueno, Silverio, ¿hiciste buen viaje?

—Terminemos de una vez. Dame el dinero.

—Medio millón es mucho para ti, *Caballista* —dijo el Chino, apuntándole con una pistola.

No le dio tiempo a responder. Encogió el cuerpo al tiempo que escuchaba el ruido del disparo. Un cuchillo de fuego le entró en la cabeza como un embudo multicolor.

Abrió los brazos y salió despedido hacia atrás con una mueca de dolor en la boca. Tropezó con la puerta del automóvil, se mantuvo unos instantes de pie y, finalmente, se deslizó al suelo.

Entonces el Chino le disparó dos veces más, pero Roca no se dio cuenta, se quedó sentado con la boca abierta. Una mancha roja en la sien derecha se hizo cada vez más grande. Cayó hacia un lado y su cara, insensible, se hundió en el polvo. Apareció más sangre en la parte alta del lado izquierdo de su pecho.

—Imbécil —el conductor salió del coche y cerró la puerta con fuerza—. Aquí no.

—Cuanto antes, mejor.

El conductor rodeó el jeep y con el pie volteó el cuerpo de Roca.

—Está seco —dijo y se subió al Renault de Roca.

Le hizo un gesto al Chino y atravesó la explanada, desapareciendo cuesta abajo.

El Chino se quedó allí. Se mantuvo unos minutos observando el inanimado cuerpo del que había sido su amigo, hasta que la tarde terminó en un manto negro. Después, arrancó el motor del jeep y lentamente abandonó el lugar.

El primer disparo le había abierto un surco en el parietal izquierdo, desde la ceja hasta detrás de la oreja y el segundo le atravesó límpiamente el hombro derecho sin tocarle ningún hueso. El tercero le rompió el fémur de tal manera que los médicos tuvieron que acoplarle un clavo de plata en una operación que duró catorce horas.

Cuando Roca despertó creyó que estaba muerto y se horrorizó. No sentía el cuerpo. Era un estallido continuo de dolor en la cabeza y un hormigueo de clavos de fuego en los ojos. Intentó moverse, gritar. No pudo. Fuera de los estallidos de la cabeza, no era nada. Parpadeó, movió los ojos muchas veces y entonces creyó ver puntitos luminosos encima de él. Eran las estrellas y tardó bastante tiempo en darse cuenta. Luchó por no perder el conocimiento, por permanecer despierto y reconocerse a sí mismo. Después, intentó moverse. Aunque fuera un dedo. Pero lo único que podía mover eran los párpados.

Nunca supo cuánto tiempo permaneció luchando en solitario contra el frío y la muerte. Así estuvo toda la noche, perdiendo el conocimiento y despertándose, hasta que antes del amanecer, un grupo de cazadores lo encontró con el hueso de la pierna fuera.

Su sangre había empapado la tierra y su cuerpo estaba yerto y frío. Nadie pudo detectarle el pulso, hasta que parpadeó y entonces, en una manta, lo llevaron al hospital cercano.

Mucho más tarde, tuvo conciencia de sí mismo acostado en una cama, con una venda cubriéndole la cabeza y mucha gente alrededor.

Después de aquello, después que supo que viviría, ya no le importó la presencia de la policía, el intérprete y los interrogatorios. Ni el firmar documentos y la extradición. Ya no le importaba nada, excepto que viviría sólo para matar al Chino y a Conchita, lentamente, con sus propias manos.

Del mismo modo que un niño se desarrolla y crece con cuidados y buenos alimentos, Roca sanó por el odio. El odio lo mantuvo de pie y lo nutrió. Sin el odio royéndole las entrañas hubiera muerto en aquel bosque y no hubiera resistido los largos y tediosos días en una prisión saturada de gente.

Lo primero que hizo al salir de la cárcel fue localizar a Fernando. Lo había visto dos veces y sabía que era un alto ejecutivo de un Banco. Suficiente.

Dando su descripción, el nombre y contando la historia de un crédito, llamó a todos los Bancos de Madrid hasta que Fernando se puso al teléfono. Lo que más temen esos hombres es el escándalo, de modo que le dijo muy claro lo que quería: el dinero que le debían y la dirección del Chino. A cambio no diría nada de sus actividades.

Se citó con él y aquel miedoso estúpido pensó que podría comprarle. Le ofreció dinero y la posibilidad de ganar mucho más. No quería darle la dirección del Chino, tenía miedo. Evidentemente no calibró a Roca.

Con la cabeza en la pared y tartamudeando le habló de Raúl Sandoval, su jefe y le ofreció la cartera con documentos que implicaban al Banco y a Raúl. A él, a Fernando Ruiz, no debería mencionarlo. ¿Quería dinero? Lo tendría. Tendría su apoyo y entonces conseguiría muchas cosas. Se le había ocurrido una idea: acabar con Raúl y con el Chino. El Chino se había convertido también en un enemigo, se había vuelto demasiado importante y dictaba las normas. Estaba en su mano que ahora, ellos dos, llevaran el negocio. Lo tenía todo pensado. Sólo que a Roca no le interesaba nada, excepto su dinero y la dirección del Chino. Tampoco quería hacerle daño al hombre que sabía la dirección del Chino. Pero eso Fernando no podía saberlo.

Balbuceaba cuando le tendió el maletín con los papeles. Roca le cogió la cara con su mano derecha y le apretó contra la pared.

—¿Dónde vive el Chino? —susurró.

Entonces Fernando cometió el error que le costó la vida. Soltó el maletín y, gimiendo, metió la mano en el bolsillo del abrigo. Cuando la sacó con la pistola, ya no tenía fuerzas. Roca, de un solo movimiento, rápido y preciso, le seccionó la garganta con la navaja.

Se apartó rápido para que el caño de sangre no le alcanzara y cuando Fernando estaba en el suelo, agonizando, le arrebató el reloj, la billetera y el maletín.

Aquello serviría para desviar la atención de la policía hacia el robo.

Ni siquiera miró los papeles cuando redactó la carta y la echó al buzón del Banco. Con Raúl no pudo hacer lo mismo que había pensado hacer con Fernando ya que nunca lo había visto y no le dejaron hablar con él y tuvo que buscar otro camino que le dirigiera de nuevo al Chino.

VEINTE

—Le di mi palabra —dijo Salvador y el de la cara pequeña y la chaqueta grande y el otro, el del bigotito fino, permanecieron en silencio—, le di mi palabra —repitió.

La habitación contenía una mesa de oficina barata, un sofá, dos armarios ficheros de metal y cuatro sillas. En una de las paredes un calendario, publicidad del Banco, tenía marcadas con lápiz rojo las vacaciones de Semana Santa. La habitación era el despacho de Salvador, en el sótano del Banco. Encima de la mesa había una cartera abierta negra y de plástico, en la que se veían prolijos montones de billetes de mil y quinientas.

—No tienes la culpa —dijo, al fin, el de bigotito. Estaba observando los billetes y parecía apesadumbrado—. Nadie tiene la culpa. Ni tú, ni nosotros. Además, a mí el Chino me caía bien, nos pusimos a charlar y resulta que teníamos amigos comunes. Así es la vida.

—No te hagas mala sangre, Salvador —dijo el cara de hurón—. A propósito, ¿cuándo nos darán las primas?

—Al final de mes —contestó Salvador con voz suave. Se levantó pesadamente—. Cierra la cartera. Hay que terminar esto.

—Por lo menos el Viejo es generoso —dijo el cara de hurón—. Doscientos billetes es mucho dinero.

—Más es dos millones —contestó el del bigotito, cerrando la cartera—. ¿Dónde vamos, Salvador?

—A la carretera de Andalucía —miró el reloj—. Hay que darse prisa, os diré lo que hay que hacer en el camino. Vosotros id en otro coche.

—¿Cuál?

—El que queráis. ¿Están listos?

—Sí, gasolina. Todo.

Los tres salieron y el gordo cerró la puerta.

—Dame la cartera —le dijo al del bigote y éste se la dio. Con ella en la mano subieron una escalera y recorrieron un pasillo hasta alcanzar el vestíbulo del Banco. Los hombres de uniforme saludaron a Salvador con un vago gesto de firmes—. Se me olvidaba. Tenemos un mes de vacaciones pagadas donde queramos.

El cara de hurón silbó.

—Madre mía.

—Vaya —el del bigote volvió a tocarse la nariz—. Está muy bien, sí señor. Yo voy a ir a Marbella, al don Pepe. ¿Se puede, Salvador?

—Donde queramos. Eso ha dicho don Ismael —añadió secamente—. Pero aún tenemos que acabar con esto —alzó la cartera.

—No está mal en un solo día, ¿eh, Salvador?

—No, no está mal.

Sin hacer caso a los saludos de los porteros salieron del edificio y lo rodearon, camino de los aparcamientos.

—¿Podemos coger el Jaguar, Salvador? —preguntó el cara de hurón—. Me encanta ese coche.

El aludido se encogió de hombros.

Raúl Sandoval bajó por Princesa, conduciendo su Mercedes con un nudo en la garganta. Tenía el tiempo justo para recoger el dinero. Si no, el desconocido de la escopeta recortada mataría a Marta. Las instrucciones eran fáciles de retener y, sin embargo, desde que salió de su casa las iba repitiendo para no equivocarse.

Las luces de los anuncios luminosos de las salas de fiesta le iluminaron la cara como si estuviera tatuado. No hacía calor, pero sudaba. Tenía que ir a la carretera de Andalucía, al kilómetro once, detenerse unos segundos y recoger una cartera que alguien del Banco, suponía, habría dejado en la autopista, justo en el mojón señalado.

No quería pensar en que la cartera no estuviese allí o en cualquier otro impedimento. No quería pensar en eso. Aquel sujeto mataría a Marta mientras ella dormía y seguiría tan tranquilo. Se acordaba perfectamente de cómo había matado al del abrigo. Con la misma frialdad con que se pisa a un caracol en el borde de un camino.

Tenía que hacer las cosas bien. No equivocarse.

Los automóviles, sombras con ojos luminosos que barrían la autopista, pasaban como exhalaciones frente al Jaguar donde estaban los dos hombres.

El coche estaba aparcado en el arcén con las luces encendidas y el capó levantado. Diez metros atrás la señal luminosa de avería resaltaba en la negrura de la noche.

—¿Un cigarrillo?

—No —contestó el del bigote—. Fumas mucho.

El otro se encogió de hombros y encendió el cigarrillo.

En sus rodillas tenía un Walki-Talki y el del bigote unos potentes gemelos.

—No se ve una castaña. El Silverio ése, o como se llame, ha elegido bien el sitio.

—¿Cuánto falta?

—Quince minutos.

El Walki-Talky comenzó a sonar. El cara de hurón se lo acercó a la boca.

—Escucho, sí. Cambio.

—¿Todo bien? —la voz de Salvador sonaba distorsionada, áspera—. Cambio.

—Perfecto, jefe. ¿Alguna novedad?

—Ninguna, faltan doce minutos. Estad atentos. ¿Veis bien la carretera?

—Sí, jefe.

—Entonces, corto y atentos.
—De acuerdo, corto.
Apretó el botón y se volvió al otro.
—Un mes de vacaciones. ¿Eh, qué te parece?
—*Dabute*, pero...
—¿Pero qué?
—¿Te figuras lo que le habrán dado a Salvador si a nosotros nos sueltan doscientos billetes y el mes de permiso? ¿Te figuras lo que le habrán dado a Salvador?
—Bueno, han sido doscientos billetes por eliminar al Chino, pero están también las primas por horas extraordinarias, ¿no? O sea que nos va a tocar más.
—Pues figúrate tú Salvador.
—¿Qué le habrán dado?
—Siempre se lleva lo mejor.
—Y gana el doble, el doble que nosotros.
El cara de hurón arrojó el cigarrillo encendido a la cinta de la autopista. La punta incandescente brilló unos instantes y luego se apagó. De vez en cuando pasaban enormes camiones y raudos automóviles abriendo surcos en la noche. Cuando la carretera quedaba silenciosa y solitaria, la cartera negra con el dinero semejaba una mancha tras la señal blanca.
—Y lo que no sabemos —dijo con rabia y, maquinalmente, abrió el paquete de cigarrillos y prendió otro—. Los sobres que le da el Viejo. Eso no lo sabe nadie.
El humo del cigarrillo volvió a cubrir el interior del Jaguar.
—Lo que yo digo es que si a nosotros nos van a dar doscientos billetes, él, lo menos, se lleva el doble.
—Medio kilo.
—¿Tanto?
El cara de hurón alzó los hombros.
—A saber.
—Me hubiera gustado verlo con ese Chino, con

tantos cojones como dice que tiene. A ver si es verdad. Ahí lo quería yo ver.

—No se lo esperaba, pobre hombre.

—No. No se lo esperaba. Después de firmar tantos papeles no se lo podía figurar. La verdad, yo tampoco me lo esperaba.

—Que hijo de puta es el Viejo.

—Sí. Y listo.

—Si no fuera listo...

—Y aquí estamos los dos. Dos gilipollas, porque, ¿sabes lo que te digo? Me hubiera gustado ver allí a Salvador. Dando la cara. Que es muy fácil ir piándolas y poner cara de mártir y fardar. Pero la hora de la verdad es la hora de la verdad. Mucho decir que si le había dado su palabra al Chino y que a él también le jodía, pero que había que cumplir la orden. ¿No? ¿Y qué? ¿Quién tiene que hacer lo jodido? ¿Quiénes? Nosotros... el Salvador tranquilo, lamentándose... que si tal que si cuál, que comprendiésemos... Total —suspiró pesadamente.

El del bigotito se sacudió la nariz y se movió en el asiento.

—Es la hora —susurró.

—¿Ves algo?

—No. ¿Por dónde vendrá?

—Cualquiera sabe. De Madrid o de abajo. No lo sabremos hasta que se detenga.

—¿A cuánta distancia estamos?

—Cien metros. Y no te preocupes, vendrá a por la *manteca*.

Raúl Sandoval enfiló la carretera de Andalucía tras un camión tapado con un toldo verde. Aminoró la marcha y dejó que ganara terreno. Según iba avanzando por la autopista el nudo en la boca del estómago se le iba haciendo más espeso.

Encendió un nuevo cigarrillo y sintió la lengua escaldada y el aliento con sabor a cobre.

El kilómetro cuatro, un mojón pintado de blanco con el número escrito en los frentes y en los costados, pasó a su derecha y se perdió detrás. La carretera, oscura y amenazadora, estaba bordeada por edificios alineados como cajas de zapatos. De trecho en trecho había paradas de autobuses desvencijados que vomitaban oleadas de figuras borrosas que se internaban entre las edificaciones.

Miró el reloj. A esa marcha, llegaría antes de la hora al punto previsto. Pisó lentamente el freno y se situó aún más cerca del arcén. Un automóvil pasó como una exhalación a su lado y le sobresaltó.

Repasó de nuevo lo que tenía que hacer. Antes de llegar al kilómetro once, reduciría velocidad y se detendría unos segundos, el tiempo suficiente para bajar, coger la cartera y volver a continuar la marcha. Torcería a la derecha, en una desviación que indicaría un cartel y se introduciría en la calle de un polígono industrial. El intruso le había dicho que se encontraría a la derecha con una imprenta llamada Altamira Rotopresa y a la izquierda con el supermercado Macro. Veinte metros después se detendría y desde una cabina telefónica haría una llamada a su casa. Tendría que comprobar el dinero y que nadie le siguiese. Entonces le daría nuevas instrucciones. Entre recoger el dinero y efectuar la llamada transcurrirían cuatro minutos. De lo contrario mataría a Marta. Y estaba seguro de que lo haría.

Desde donde estaba Salvador no podía ver el mojón del kilómetro once y hacía frío. Necesitaba un baño caliente. Lavarse y regresar a su casa. Pero nunca se puede saber cuándo va a acabar algo. Se sabe cuándo empieza pero no cuándo termina y aquello se estaba complicando. Se estaba convirtiendo en una madeja de lana enmarañada.

Sabía bastantes cosas de ese Silverio Roca. Las suficientes como para haber jurado que ese chantajista trabajaría solo. Una venganza se realiza casi siempre en solitario con el añadido de que el tal Roca era un sujeto sin amigos que siempre había actuado de forma independiente. Y de pronto, llamaba al Viejo y le indicaba que un amigo recogería el dinero. Un cómplice.

Y eso no encajaba. No encajaba con la forma en que se había llevado a cabo el chantaje.

La luz de su Walki-Talky se encendió y apretó el botón. Hasta él llegó la voz cascada de Román:

—Se acerca un coche, jefe.

—¿Veis la matrícula?

—No. Es un Mercedes azul claro. Modelo nuevo con matrícula de Madrid. Debe ser robado y marcha muy despacio. Vemos a un hombre dentro. La matrícula no se distingue.

—Tened cuidado, que no se escape. Dejad la línea abierta.

—Oído. Se detiene. Baja un hombre solo, repito, hombre solo... coge la cartera y vuelve a subir y acelera... lo estamos siguiendo... otro coche se acerca... pero no, lo pasa... repito, jefe, otro coche... ¡Un momento!... Se mete por la desviación a la derecha, kilómetro once coma cinco...

El gordo miró el mapa y con el Walki-Talky abierto, giró el volante ciento ochenta grados. Las ruedas chirriaron en el asfalto y se cruzó de carril en la carretera. Un camión encendió los faros insistentemente y tocó el claxon.

—¿Lo veis? —preguntó.

Enfiló la cinta azulada a ciento veinte por hora. Llevaba un Opel nuevo, potente y seguro. Un coche que le gustaba.

—No, jefe. ¿Nos acercamos?

—Esperad a que yo llegue. Puede estar vigilando.

Al llegar a la desviación, vio el Jaguar casi detenido, lo sobrepasó y se introdujo en un camino asfaltado que bordeaba al polígono industrial.

Poco más tarde vio a un Mercedes aparcado al lado de una cabina telefónica y un hombre saliendo de ella. Calculó la distancia y apretó la boca.

—Lo he visto —dijo con calma—. Voy a por él, seguidme. Corto y cierro.

Arrojó el Walki-Talky al suelo y aceleró.

El Jaguar dio un salto adelante como un caballo espoleado y rugió al tomar la curva. Los dos hombres sacaron sus armas y trataron de distinguir algo en la oscuridad. El Opel estaba delante del Mercedes, a unos cien metros, con las puertas abiertas.

Lo más extraño de todo era que el jefe estaba apoyado en el coche, con los brazos extendidos a lo largo del cuerpo, y parecía hablar con el individuo que había cogido la cartera.

El Jaguar frenó en seco y sus dos puertas se abrieron a la vez. Los hombres salieron con las armas en la mano.

—Quietos —les dijo Salvador con voz cansada—. No hace falta, tranquilos.

Raúl les observó con el rabillo del ojo. Había una mueca despectiva en la esquina de su boca.

VEINTIUNO

La mujer dormía con un sueño pesado. De vez en cuando murmuraba algo ininteligible y sus miembros sufrían sacudidas. Un reguero de saliva se deslizaba desde la comisura de su boca al brazo del sillón.

Roca apagó las luces y tomándola en vilo, la afianzó sobre sus hombros como si fuera un fardo. La mujer gruñó y siguió con su sopor. Llevaba la recortada en un paquete del Corte Inglés y se dirigió a la cocina con la mujer bamboleándose en su hombro.

La puerta que conducía al garaje estaba abierta. Bajó los escalones a oscuras. El coche era un Ford Fiesta rojo. Abrió la portezuela delantera y la sentó con cuidado afianzándola el cinturón de seguridad. La cabeza resbaló hacia atrás y después se apoyó en el cristal.

Dio la vuelta y se colocó en el asiento del conductor. Extrajo la recortada de la bolsa, la abrió ligeramente y la situó a mano, cerca de la palanca de cambio.

Le llevó un instante establecer el puente entre los cables y arrancar el motor. Podía haber buscado las llaves del coche en la casa o habérselas pedido a Sandoval, pero prefirió hacerlo así. Quería hacerle creer que seguía en la casa.

La puerta del garaje se abrió automáticamente y el automóvil subió la rampa asfaltada que conducía a la calle. No había nadie. Avanzó despacio por la urbanización. Los chalés desfilaron a izquierda y derecha sin que se fijara en ellos. Era un paisaje parecido: altas tapias que protegían a edificios lujosos donde vivían los dueños del poder y las riquezas.

Cerca del puesto de vigilancia aminoró la marcha y le hizo un leve gesto de saludo al joven uniformado que asomó la cabeza por la ventana de la casamata. El guarda se precipitó a levantar la barrera y contempló sin curiosidad el automóvil. Conocía la matrícula y el modelo de memoria, de modo que se limitó a apuntar la hora de salida en su hoja de registro y siguió contemplando la película de la televisión. No era asunto suyo preguntarse con quién iban o dejaban de ir los inquilinos de los chalés.

Roca había entrado en la urbanización dando un rodeo y metiéndose por un bosquecillo cercano. Sabía que en aquellas urbanizaciones había patrullas de vigilantes con perros, pero no vio a ninguna. Caminando por calles laterales, al poco tiempo encontró el chalé de Sandoval. Ahora sabía que hubiera sido más fácil entrar directamente por el acceso principal y con el BMW y preguntar al guardián de la puerta. Aquellos hombres estaban tan acostumbrados a calificar a la gente por su aspecto externo que el dueño de un coche valorado en tres millones de pesetas, tenía que ser, necesariamente, un caballero.

El pistolero del Chino debió entrar en la urbanización de esa forma. Su coche estaría ahora aparcado en cualquier calle.

Quince minutos más tarde, bajaba por la calle Princesa en dirección a la Plaza de España, sin que la mujer hiciera otra cosa que gemir en sueños. Siguió por la Gran Vía y al llegar a la Red de San Luis, torció a la derecha y descendió por Montera.

La noche era cálida, casi primaveral. Grupos de chicos y chicas se arremolinaban en las aceras entrando y saliendo de los locales nocturnos. Pero, Roca, tampoco se fijó en eso. Raúl tenía ya el dinero, lo había recogido del lugar previsto y en estos momentos aguardaría sus últimas instrucciones dentro del bar que le había señalado. Aquello era lo único que ocupaba sus pensamientos.

Atravesó despacio la Puerta del Sol y comprobó su reloj con el de la torre de la D.G.S. Las doce y treinta y cinco minutos. Cambió de marcha y subió Carretas despacio. Entró en el aparcamiento subterráneo de la Plaza de Benavente, cogió la ficha y se introdujo en el primer piso. Estaba medio vacío. Eligió un lugar apartado en uno de los rincones y aparcó.

Roca inspeccionó la recortada y la volvió a guardar en el paquete. Libró el cinturón de seguridad y trasladó a la mujer al asiento trasero. Ella gimió de nuevo y movió una pierna espasmódicamente, pero siguió durmiendo. Le colocó la gabardina encima y entonces cerró todas las puertas con el seguro. Allí mismo hizo pedazos el tiket del aparcamiento.

Con el paquete bajo el brazo subió los escalones para peatones y salió fuera.

A su izquierda, los enormes cartelones del Teatro Calderón mostraban a dos cómicos de moda rodeados de mujeres en bikini. La plaza bullía de gente: los que terminaban la noche, los borrachos que la comenzaban y chicas y chicos que parecían llenar el aire con sus risas y gritos.

Andando a paso rápido llegó a la Plaza de Tirso de Molina en cinco minutos. Entró en una cabina telefónica, dejó la bolsa sobre la repisa y marcó un número.

Había visto el Mercedes de Raúl frente al bar. Su color celeste resaltaba entre los utilitarios aparcados a su lado como un cisne en una bandada de gorriones.

La voz que le contestó era ronca. Se oía estrépito de voces y música al otro lado.

—¿Oiga? —preguntó Roca—. Póngame con el señor Sandoval, me está esperando.

La voz titubeó unos segundos.

—¿Señor Sandoval?

—Sí, está en la barra.

—Aguarde un momento.

Colocó más monedas en la ranura y escuchó cómo el hombre que había cogido el teléfono voceaba su pedido por entre el griterío.

—¡Sí, sí! —escuchó la trémula voz de Sandoval—. ¿Es usted, Roca?

—Escúcheme...

—¿Cómo está mi mujer? ¿Está bien? —le interrumpió—. Yo he cumplido, Roca y usted me tiene que...

—No se lo voy a repetir, de modo que preste atención —como por ensalmo, Raúl Sandoval se calló. Sintió su respiración ansiosa—. Su mujer está bien y usted podrá recogerla cuando me entregue el dinero. Ahora, fíjese. Quiero que salga inmediatamente, se suba al coche y vaya detrás del autobús número veintiuno cuya parada está al lado del bar. Sígalo porque yo iré dentro del autobús y descenderé en cualquier sitio. Si ha hecho alguna tontería y está con alguien, no bajaré y entonces no verá más a su mujer. ¿Lo ha entendido?

—Autobús veintiuno —susurró Sandoval—. Sí, ahora mismo.

Roca colgó. No tuvo que esperar mucho. Vio a Sandoval salir del bar, mirar durante unos instantes al autobús que arrancaba en ese momento y subir al coche. El Mercedes dio marcha atrás y lo alcanzó antes de que saliera de la Plaza.

No lo siguió nadie. Ningún automóvil, ni moto ni bicicleta. Abrió la cabina y en ese instante vio a dos hombres que cogidos del brazo, gesticulaban en la puerta del bar. Se detuvo. Los tipos torcieron a la izquierda y se metieron en la calle de Jesús y María.

Aguardó un poco más. Sus ojos escrutaron la plaza. Todo parecía normal, tranquilo. Caminó hasta la parada de taxis y tomó el primero.

El taxista dormitaba con la cabeza apoyada en su asiento y se incorporó cuando Roca cerró la puerta.

Era un hombre joven, de cabellos ralos y su

nariz le abultaba fuera de la cara como si correspondieran a distintas personas.

—Buenas noches —dijo arrancando el automóvil—. ¿Dónde vamos?

—A Villaverde, tire por Atocha. ¿Ha salido ya el veintiuno?

—Hace unos minutos —contestó el taxista—. Me tendrá que pagar la vuelta, ya sabe. Villaverde está fuera de la tarifa.

—Intente alcanzar el autobús.

—Muy bien.

Bajaron por el Monumental sin ver al autobús. Pero al llegar a Santa Isabel, Roca lo distinguió detenido en una parada. Y, detrás, el enorme coche celeste de Raúl.

—Allí está —señaló el taxista—. ¿Dónde le dejo?

—Páselo y pare en Paseo de las Delicias. La primera después del Scalextric. ¿Sabe dónde le digo?

—Sí, veremos a ver.

Aceleró y pasó a varios automóviles antes de situarse en línea con Sandoval. Lo vio de refilón. Conducía con la vista fija en la trasera del autobús. Nadie iba con él.

El taxi bajó como una exhalación el último tramo de Atocha, giró a la derecha y frenó frente a la parada.

—Quédese con la vuelta —le dijo, dándole dos billetes de cien.

—Gracias —contestó el hombre y Roca descendió del coche que se perdió calle abajo.

Subió a la acera y se colocó en la cola del autobús. Aquél debía ser el último de la noche. Había dos chicas jóvenes parloteando, un matrimonio de edad madura cuya mujer bostezaba ostensiblemente y un viejo con un anorak azul que le venía grande. Encendió un cigarrillo.

El autobús se detuvo con un prolongado chirriar de frenos. Las puertas se abrieron y los que aguardaban la cola se dispusieron a subir. Dos hombres se bajaron entonces por la salida trasera y se dirigieron al semáforo para cruzar. Roca apenas si les dirigió una leve mirada. Uno de ellos tenía una cara extraña, alargada y terminada en punta.

Raúl Sandoval no miraba nada que no fuera el autobús. Estaba con el rostro inclinado hacia el parabrisas y los dedos engarfiados en el volante. Roca apoyó la mano en el abridor y abrió la puerta. A Sandoval se le demudó la cara. Se sentó a su lado.

—¡Pero... pero... Dios mío! —exclamó.

—Pase al autobús —le dijo Roca.

Se le caló el coche.

—¡Me dijo que...! ¡Dios Santo!

Su mano no atinaba a girar la llave y el autobús se perdió entre el tráfico.

—Arranque de una vez.

—¿Dónde está mi mujer? Usted me prometió...

—¿Y el dinero?

—Está en el maletero. Por favor, ¿dónde está Marta?

—Su mujer está bien.

El automóvil dio un salto y el motor gruñó.

—Tuerza a la derecha —le indicó.

—¿Adónde vamos? Oiga, quiero que me diga qué ha hecho con mi mujer.

—¡Cállese! —gritó Roca—. No le diré dónde está su mujer hasta que no me entregue el dinero. Así que ahora conduzca y no abra la boca.

—Sí —dijo más tranquilo. El coche giró—. ¿Y ahora?

—Continúe por Embajadores.

—Bien.

—¿Por qué ha guardado el dinero en el maletero?

—Ahí está más seguro —intentó sonreír. Fue una mueca lo que surgió en su boca—. No quería entrar con él en aquel bar. ¿Cómo está Marta?

—Bien.

—Yo le he dicho dónde está el dinero y usted en cambio no me dice dónde está mi mujer. No me parece justo. Y ni siquiera sé si es verdad que está bien.

Roca no contestó y Sandoval habló de nuevo:

—Terminemos esto de una vez. ¿Adónde quiere ir? Dígamelo, por favor.

Pasaron la Glorieta de Embajadores y Roca siguió en silencio. Observaba algo en el espejo retrovisor.

—Reduzca velocidad —dijo.

—¿Qué?

—Hágalo. No pare el motor y deténgase ahí, en doble fila.

El taxi que había estado observando Roca sobrepasó el coche. Había dos hombres dentro. Una calle más abajo, torció a la izquierda.

—¿Qué ocurre? —preguntó Sandoval.

—Nada. Ahora vamos a ver ese dinero.

El coche frenó. Los dos descendieron y lo rodearon. La calle estaba tranquila, sin peatones. Raúl golpeó la chapa del maletero y Roca se colocó la bolsa con la recortada bajo el brazo, pulsó el botón que abría el maletero y tiró hacia arriba. En ese momento, apareció a contramano el taxi. Marchaba a gran velocidad y en dirección a ellos. Fue un segundo apenas y Roca levantó los ojos y el capó saltó. Un hombre gordo salió del maletero y le colocó una automática entre los ojos. Jadeaba.

—No te muevas —chilló.

Roca soltó el paquete con la recortada que chocó contra el suelo y se disparó. Se escuchó un estruendo horroroso. Los balines de plomo de los cartuchos barrieron la calle en abanico y se clavaron en una de las ruedas traseras. La rueda estalló y el automóvil se inclinó violentamente hacia el lado derecho.

En el momento de la explosión el hombre del maletero intentaba salir y perdió el equilibrio. Roca tomó su mano armada con la izquierda y le lanzó los dedos índice y pulgar a los ojos. El gordo gritó pero no soltó el arma. Roca le golpeó en el cuello y se derrumbó de rodillas en el maletero. Después, le asestó en la muñeca dos rápidos tajos con el filo de la mano, y la automática se deslizó al suelo.

Se agachó y en ese momento, vio cómo del taxi

salían dos sujetos que le apuntaban con pistolas.

—¡No te muevas, Roca! —dijeron a la vez.

Se levantó despacio y elevó los brazos. Los hombres se acercaron sin dejar de apuntarle. Entonces los reconoció. Eran los mismos que se habían bajado del autobús. Los mismos que vio salir del bar.

Volvió la cabeza. Raúl estaba petrificado con la boca abierta y en la misma posición.

Uno de los hombres, con una chaqueta demasiado grande para su talla y un ojo más alto que otro, le golpeó detrás de la oreja con el caño del arma. Sintió una oleada de dolor que le invadió la cabeza como un río de fuego. Apretó la boca.

—Cabrón —exclamó el sujeto—. Date la vuelta.

Le registró con experiencia. Sacó el dinero que le quedaba y la navaja. El otro estaba ayudando al gordo. Había recogido ya del suelo la automática y la recortada.

El taxista avanzó unos pasos.

—Señores... —dijo.

El de la cara asimétrica lanzo una interjección:

—¡Qué te pasa a ti, ahora!

—Tranquilo —dijo entonces el gordo que se frotaba los ojos. Los tenía cubiertos de sangre y parpadeaba intensamente—. Somos de la policía.

Alargó su chapa y el taxista se envaró aún más.

—La carrera son ciento ochenta pesetas —dijo.

—Págale —se dirigió al que tenía al lado, el sujeto del bigotito que se frotaba la nariz—. Y que se marche.

El sujeto aludido extrajo una cartera y de ella dos billetes de cien pesetas. Se los entregó al taxista que rápidamente se los guardó en el bolsillo del pantalón.

—Y aligera. ¿Has entendido?

—Sí, señor.

Corrió a su taxi. Se subió en él, dio la vuelta y se alejó.

—Baja los brazos —le dijo Salvador a Roca—. Y siéntate en la acera con las manos en la nuca

—se dirigió a Sandoval—: ¿Tiene usted rueda de repuesto?

—Sí, sí —señaló bajo el maletero.

—Por favor ayude a mis hombres, don Raúl. Hay que salir de aquí en seguida con éste —señaló con la pistola a Roca que permanecía sentado en el suelo con las manos sobre la cabeza.

—¿Se encuentra bien, Salvador? —preguntó Sandoval—. Tiene sangre en los ojos.

—Ayúdeles a cambiar la rueda. Yo estoy bien.

Se situó frente a Roca y le pateó el pecho. Roca cayó hacia atrás. Volvió a sentarse en la misma posición.

—¿Te creías muy listo, verdad? Pobre imbécil, tú solo contra nosotros. Voy a arreglarte.

El pie le dio ahora en la cara. Se escuchó un crujido, pero Roca no se movió ni despegó los labios.

—Pregúntele por mi mujer, Salvador. La tiene él —dijo Sandoval, mientras ayudaba a colocar los tornillos. Los hombres que habían venido en el taxi soltaban maldiciones, agachados frente a la rueda.

—Nos lo dirá, don Raúl, no se preocupe.

Raúl suspiró.

—Está loco —dijo.

Tres curiosos se acercaron. Dos muchachos y una mujer de edad. Los coches pasaban sin preocuparse.

—Circulen —dijo el gordo—. Policía.

—¡Dios mío! —exclamó la mujer—. Está usted herido.

—He dicho que circulen, vamos —dijo, agitando la pistola.

La mujer retrocedió tomando a los muchachos del brazo.

—Ya está jefe —dijo el del bigotito, con la recortada y los restos de la bolsa de plástico en la mano.

Salvador tomó a Roca del codo. Lo levantó y lo entró en el coche. Los curiosos lo veían todo a prudente distancia. Ahora se les había añadido un hombre con un perro.

En el asiento de atrás se sentaron Roca, Salvador y el de la cara asimétrica. Conducía el otro hombre y Sandoval iba a su lado.

Salieron calle abajo, torcieron a la izquierda y remontaron el Paseo de las Delicias.

El de la cara asimétrica levantó la recortada y la abrió.

—¿Para qué querías este juguetito? Contesta.

Roca continuó en silencio.

—¿Se encuentra bien, Salvador? —preguntó Raúl otra vez—. ¿No quiere que vayamos a un hospital? Tiene los ojos muy mal.

—No —gruñó éste—. Le dejaremos a usted en su casa, don Raúl y muy pronto estará usted con su mujer.

—Es mejor —aseveró el de la cara mal puesta.

—¿Dónde está mi mujer? —insistió Raúl—. Dígame dónde está mi mujer. No tiene derecho.

—¿No has oído? —el que había cogido la recortada le colocó la pistola en el oído. Le había atornillado un silenciador—. ¿O quieres que te suelte un tiro?

—Has perdido, imbécil —dijo entonces Salvador—. ¿Es que creías que con una carta de mierda ibas a ganar al Banco? —movió la cabeza—. Eres un ingenuo, pobre imbécil.

—Mi mujer —dijo Sandoval.

El gordo se removió en su asiento, parpadeó y gruñó de dolor. El de la cara golpeó a Roca en el oído con la pistola.

—Habla.

Repitió el golpe. Roca siguió en silencio. Salía sangre de su oído. El gordo le tomó un dedo y bruscamente se lo volvió hacia atrás. Se escuchó un crujido y el dedo se rompió. Roca soltó un débil gemido.

—¡Dios mío! —exclamó Sandoval—. No lo maten, por favor.

—Sandoval —dijo entonces Roca—. Si yo muero, su mujer también morirá. Nunca la encontrará.

—¡Voy a...! —dijo el de los ojos y alzó la pistola.

—¡Alto! —exclamó Sandoval—. Tiene razón, si lo matan nunca sabré dónde está mi mujer. No le hagan nada.

—Un momento, don Raúl —dijo Salvador—. Déjenos a nosotros hacer el trabajo. Le garantizo que sabremos en seguida dónde está su mujer. Primero vamos a llevarle a su casa para que descanse, y en seguida estará con su mujer. Confíe en nosotros.

—Haga caso, don Raúl —corroboró el cara de hurón y empujó a Roca con su arma—. Éste hablará, no se preocupe.

—No quiero ir a mi casa —Raúl apretó los labios—. Quiero saber dónde está mi mujer. Ha hecho un buen trabajo, Salvador. Todos ustedes. Y yo les estoy muy agradecido. Pero soy vicepresidente del Banco, no lo olvide. Y aquí se hará lo que yo diga. ¿Entendido?

El gordo pestañeó violentamente.

—¿Dónde vamos, entonces? —preguntó el que conducía.

Raúl se volvió.

—No voy a ir sin mi mujer a ningún sitio.

—Si usted me da su palabra de honor de que no me pasará nada —dijo Roca—, podemos ir ahora mismo a recoger a su mujer.

—La tiene —dijo rápidamente Sandoval—. Tiene mi palabra de honor. ¡Dios mío, dígame ya dónde está mi mujer!

—¡Un momento! —exclamó Salvador—. Este hombre tiene aún una cartera con papeles del banco. Usted no puede...

—¡Puedo! —gritó Raúl. Se tranquilizó al momento—. La responsabilidad será mía. Sólo mía —se dirigió a Roca—: Por favor...

—En el aparcamiento de la Plaza de Benavente. Duerme dentro de su coche.

—¿En el Ford Fiesta? ¿Allí? ¡Dios mío! —exclamó—. ¿Y está bien?

—Sí —contestó Roca.

—¿Vamos? —dijo el que conducía.

—La responsabilidad será suya —dijo Salvador.

—¿Dónde vamos, a la casa o al aparcamiento? —preguntó de nuevo el conductor.

—A por la mujer —contestó Salvador y se retrepó en el asiento.

El de la cara mal puesta lanzó una interjección y bajó la pistola con el silenciador. Abrió la boca para hablar pero se contuvo. Nadie dijo nada durante el viaje al aparcamiento. Raúl Sandoval, de vez en vez, se volvía en el asiento como si quisiera decir algo, pero finalmente no habló. El único que articuló palabra fue Roca, cuando el automóvil entraba en la Plaza de Benavente.

—Estará cerrado —dijo—, pero con esa chapa no habrá problemas.

Las puertas del Mercedes estaban abiertas y en la plaza no había nadie, excepto los dos coches y sus ocupantes. Raúl abrazaba a su mujer, le golpeaba ligeramente las mejillas y balbuceaba algo ininteligible. El de la cara asimétrica cruzó la calle y se acercó a ellos. Llevaba un termo con café.

—Don Raúl —le dijo—. Hágala vomitar y dele esto.

—Vamos a llevarla a un hospital. Está drogada.

—Déjeme a mí.

Lo apartó suavemente. Raúl salió del coche y se pasó la mano por la cara. Estaba lívido, con ojeras y despeinado. No parecía el que siempre había querido ser.

Cuando se volvió, su mujer empezó a agitarse y a vomitar. El ayudante de Salvador le había metido los dedos en la garganta.

Volvió a vomitar y a sacudirse con espasmos. Entonces salieron los ocupantes del otro coche. Roca fumaba un cigarrillo.

—Ya pueden marcharse —dijo Salvador—. Vayan en el Mercedes. Nosotros cogeremos el Ford, tiene hecho el puente. ¿Se encuentra bien su señora, don Raúl?

—No... no sé —contestó éste—. Le sujetaba la

cabeza y Marta vomitaba arcadas biliosas. El vomitado le resbalaba por la barbilla hasta el suéter de lana.

Salvador le tendió un pañuelo y Raúl limpió a su mujer.

Marta rompió a llorar.

—¡Raúl! ¡Raúl! —gritó—. ¡Ay, Dios mío!

—Llévela a casa —dijo de nuevo Salvador.

—Cariño —murmuraba Raúl—. Cariño mío, vamos a casa.

La tomó del hombro y trastabillando, acomodó a su mujer en el asiento delantero.

—Acuérdese de lo que tiene en el dormitorio —dijo entonces Roca.

—¡Dios Santo, me olvidaba! —exclamó Raúl.

Roca estaba pegado a la ventanilla y Salvador hizo un movimiento en su busca.

—¿Eh, qué ha dicho? —preguntó.

—Que se vayan ellos —volvió a decir Roca—. Acuérdese de su palabra, Sandoval.

—Márchese, Salvador. Quiero que se marchen todos.

—Escuche, don Raúl... —empezó.

—¡He dicho que se marchen!

Salvador miró a sus dos compañeros.

—Vamos —dijo dirigiéndose al Ford Fiesta.

—Un momento —dijo entonces Roca—. Devolvedme antes el dinero que me habéis cogido. Os podéis quedar con la navaja.

El de la cara asimétrica titubeó unos instantes, pero Salvador le hizo una seña. Se adelantó unos pasos y aguardó a que Roca fuera hasta su lado. Se metió la mano en el bolsillo y le entregó el fajo de billetes.

—Cuéntalo —dijo, torciendo la boca.

—No hace falta —contestó Roca y se volvió a Raúl que contemplaba la escena—. Dígale usted que necesito la escopeta. Tenemos que solucionar lo de su dormitorio.

—¿Qué ocurre en su dormitorio? —explotó Salvador—. ¿Qué es lo que pasa? Don Raúl. No permita que...

—¡Dele la escopeta! —ordenó Raúl—. ¡No pienso estar aquí toda la noche!

Salvador lanzó una interjección y el del bigotito, que había conducido el coche con anterioridad, y que tenía la recortada envuelta en un trapo, se la entregó a Roca sin aguardar a que lo aprobara su jefe.

—Vámonos, Salvador. Esto se ha acabado —le dijo, tocándose la nariz—. Tenemos los coches muy lejos.

Nadie se despidió de nadie. El Ford Fiesta rojo, con los tres hombres, abandonó la Plaza de Benavente.

Marta lloraba en silencio con el termo de café en la mano y cuando Roca habló volvió la cara en sentido opuesto.

—Lleve esta escopeta a su casa —dijo, entregándosela a Raúl—. Límpiela bien y luego llame a la policía. Esta noche usted y su mujer han ido al cine o a cenar con un amigo. Usted fue primero y su mujer y su amigo fueron después. Si la policía le pregunta por su amigo, le dice cualquier nombre, la policía no investigará. De todos modos, ese detalle lo pueden discutir con Salvador.

—Pero... —le interrumpió Raúl.

—Déjeme seguir. Usted y su esposa volvieron a casa y allí los esperaba un ladrón. Quiso violar a su mujer y en un descuido usted lo mató con su propia arma. Hay varias horas de diferencia, pero la policía no ordenará la autopsia. Usted es el vicepresidente de un Banco y el muerto no es nadie.

—Sí, sí... parece que servirá. Pero volver a casa, sabiendo que allí...

—Tiene que verlo el guardia de la urbanización. Y no se preocupe. Acueste a su mujer para que descanse. La policía no le molestará. No tarde mucho.

—¿Qué te parece, Marta, cariño?

La mujer gimió.

—Sí, Raúl —dijo débilmente—. ¡Oh, vámonos ya!

—Eso haremos —se dirigió a Roca—. Es extraño, pero tengo que darle las gracias.

—Márchese —dijo Roca.

—Pensé en ti todo el tiempo, cariño —le dijo Raúl a su esposa—. ¿Cómo te encuentras?

Ella comenzó a llorar más fuerte.

El coche arrancó.

FINAL

El quiosco estaba instalado en el portal de una antigua pensión deshabitada de la calle Barbieri. Consistía en tres cajones de manzanas reforzados con listones de madera y pintados de verde. En cada compartimento el ciego Doroteo colocaba cosas diferentes y siempre con la misma disposición. En el de la izquierda los caramelos, a la derecha las pipas con el cacillo de la medida y en el del frente, los cartuchos con los cacahuetes tostados y tres paquetes de cigarrillos negros. Dos abiertos y uno cerrado.

El ciego Doroteo subió el volumen de su transistor y contó de nuevo las tiras de lotería que le colgaban de las solapas de su enorme chaqueta de pana. En ese momento iban a radiar las noticias y le gustaba escucharlas bien. Arrimó la silla de tijeretas a la pared y se frotó las manos.

Sabía que habían dado las siete, porque Morales, el del bar La Estrella estaba levantando el cierre metálico de su establecimiento. Ahora hacía fresco, pero luego se caldearía la manaña y dejaría de tener frío.

Con dedos ágiles, metió la mano bajo los cajones, cogió un papel mecanografiado y armó un cartucho. Después lo rellenó de cacahuetes que se tostaban en un infernillo de petróleo colocado a sus pies.

Pasada la sintonía, el locutor comenzó a hablar. Le gustaba esa voz. Era una voz joven y alegre y él, muchas veces, hablaba con el locutor.

Los primeros clientes del mercado pasaron por

la calle junto a los cargadores y representantes que regresaban a sus casas. Distinguía a cada uno de ellos por las pisadas.

Silverio Roca le puso la mano en el hombro y el ciego Doroteo levantó su rostro al frío de la mañana. Le enseñó las encías en una sonrisa. No pudo ver que llevaba un dedo toscamente vendado ni que tenía muestras de golpes en la cara.

—Silverio —dijo—, puedes subir si quieres, la cama está caliente.

—No hace falta —respondió el hombre.

El ciego movió la cabeza.

—¿Lo conseguiste?

—No.

—Bueno, anda, sube.

Roca no contestó.

—¿Qué te ha pasado?

—No he encontrado al Chino.

—¿Te dijo mi amigo dónde vivía?

—Sí, pero lo tuve que matar, Doroteo.

—No era mi amigo. ¿Le dijiste que ibas de mi parte?

—Intentó atacarme.

—La tienda esa de deportes será para su hermano. Le llaman el *Gafas*. ¿Lo conoces?... trabaja en la Renfe. Es factor en Alcázar, me parece.

—¿Sabes lo dc Conchita?

—Anoche me lo dijeron. Ella y su jefe. Se mataron los dos. Había sangre por todos sitios. Su amiga Carmelita me lo dijo. La pobre no paraba de llorar... me dijo que alguna vez tenía que ocurrir, que su jefe era un cabrón. La *madera* ha cerrado la Agencia y el entierro lo hacen hoy, antes de comer. Carmelita va a venir a buscarme, tiene coche.

—¿Quién paga el entierro?

—Hijo, quién va a ser, tu Amparito. Antes de morir lo dejó todo arreglado con la sociedad ésa que está en la calle del Carmen. Yo también lo tengo ahí. Si te esperas un poco, nos tomamos un cafetito. Morales todavía no ha encendido la cafetera, pero le falta poco. Dime, ¿qué ha pasado con el Chino?

—Ayer fui dos veces a verlo. Una por la tarde y otra hace un rato, antes que amaneciera. Y no está. Se ha largado a Miami. Eso me dijo el que tienen allí de encargado. El mismo Chino llamó por teléfono a las once y media de la noche y dijo que se marchaba en ese momento.

—De allí no volverá nunca, Silverio.

El hombre continuó de pie frente al ciego en silencio. De pronto, dijo:

—¿Y el maletín?

—Ahí está —señaló bajo el quiosco.

Roca cogió uno de los cartuchos de cacahuetes y lo abrió. Cayeron al suelo. Estaban calientes. Sintió tibia la mano.

—Doroteo, ¿has estado haciendo esto con los papeles que había dentro del maletín?

—Son papeles muy buenos, conservan el calor hasta que salen los chavales de la Academia. ¿Quieres ahora el maletín? Es muy bueno, de piel y forrado. Puedo vendértelo por quince billetes.

Roca tiró el papel al suelo y observó el resto de los cartuchos. El ciego terminó de sacar la pequeña maleta de debajo de los cajones y la abrió.

—Todavía quedan unos cuantos papeles. ¿Por qué no me traes más?

—Olvídate de esa mierda de maletín. Véndelo.

—Muy bien. Cinco billetes para ti y el resto para mí. ¿Vale?

—No hace falta. No te traigo el dinero. No tengo nada. Ni la recortada.

El ciego volvió a soltar su cascada risa.

—No te preocupes. Tengo la maletita.

—Me marcho. Doroteo. He venido a despedirme.

—¿No te esperas al café?

—No.

—Arriba tienes sitio. Ya lo sabes. Ayudé a tu padre y te ayudaré a ti. A veces os confundo, Silverio. Habláis igual. ¿Dónde vas a ir?

—Por ahí.

—El trabajo está muy malo.

Roca le puso a su amigo la mano en el hombro otra vez y se lo apretó. Continuó calle arriba, derecho, por la acera. Otro hombre que bajaba le compró al ciego Doroteo dos cigarrillos negros para después del café y un cartucho de cacahuetes.

Fue el comienzo de una buena mañana para el ciego Doroteo.

Madrid, noviembre 1983

Impreso en el mes de septiembre de 1984
en Romanyà/Valls,
Verdaguer, 1
Capellades
(Barcelona)